Chapitre 1

Zachary n'était pas du tout décidé à prendre la pose. « Être un chien n'est pas une excuse », se dit Emily. Depuis deux heures, elle essayait de faire son portrait, mais aucun de ses dessins n'était ressemblant. Elle tourna une nouvelle page de son cahier. Puis une autre. Et une autre encore.

Le ciel lumineux du mois de septembre éclairait la baie, tandis que les grands sapins tapissaient de vert le paysage. L'eau de l'océan, d'un bleu sombre, était agitée : le décor idéal pour son croquis. Si seulement Zachary voulait bien rester assis sur le ponton sans bouger… elle réussirait peut-être à restituer son air si noble !

Mais il ne voyait pas les choses de cette façon. Au bout de trente secondes d'immobilité, il se précipitait sur les rochers en aboyant contre les mouettes, rampait sous les buissons pour attraper une de ses balles de tennis, ou se roulait dans l'herbe.

Cette fois, il courut jusqu'à la maison pour boire dans sa gamelle avant de revenir vers elle à fond de train. Tout excité, il voulut monter sur ses genoux, mais avec ses quarante-cinq kilos, il était désormais plus lourd qu'Emily.

Sous l'assaut de Zack, son crayon lui échappa des mains. Aussitôt, il la regarda en penchant la tête sur le côté pour lui faire comprendre qu'elle devait le lui lancer.

— Zack…, soupira-t-elle avant de tourner une nouvelle page de son cahier. Je te demande juste cinq minutes d'attention. Après on pourra jouer.

Zachary dressa les oreilles au mot « jouer » et lança un bref aboiement.

Peut-être qu'il valait mieux laisser tomber et s'amuser à lui envoyer des balles ou des morceaux de bois. Ensuite, ils pourraient aller se promener sur le chemin de terre… Mais quand même ! Tout ce qu'elle voulait, c'était faire une première esquisse, histoire de saisir son expression. Zack avait vraiment l'air *intelligent*. La difficulté était aussi que son poil de labrador était tellement blanc qu'Emily était obligée d'insister sur les ombres pour le faire ressortir du paysage. Voila pourquoi cela lui demandait autant de temps !

— On essaie encore une fois ?

Zachary inclina la tête et elle attrapa son collier en cuir rouge pour l'emmener jusqu'au ponton.

— Si tu peux rester tranquille deux minutes, je te promets de dessiner hyper vite.

Il remua la queue et s'assit.

— Parfait !

Elle se précipita sur son cahier et se mit à crayonner. Elle s'occuperait plus tard des couleurs. Pour l'instant, elle cherchait surtout à restituer la lueur vive et bienveillante qui brillait dans les yeux marron de son chien.

Les parents d'Emily l'avaient inscrite, petite, à un cours de dessin où elle avait appris pas mal de choses. Assez pour se rendre compte de tout ce qu'elle ne maîtrisait pas. Le professeur d'arts plastiques de son nouveau collège, M. Reed, était un *vrai* artiste, lui. Avec un peu de chance, il lui apprendrait à améliorer sa technique. Il avait même dit qu'il organiserait un atelier de peinture après les cours, si cela intéressait suffisamment d'élèves.

Zachary était très patient, à présent, et le croquis d'Emily avançait bien. Seulement le labrador semblait avachi. Elle aurait aimé qu'il se redresse un peu. Et qu'il lui donne la patte...

— Est-ce que tu peux lever ta patte, s'il te plaît ? demanda-t-elle en montant sa main gauche. Comme ça.

Zack lui adressa un regard perplexe.

Parfois, elle avait l'impression qu'il comprenait ce qu'elle disait. Elle avait donc pris l'habitude de lui parler tout le temps. En réalité, leur communication allait plus loin que cela. Ils avaient un genre de lien... mental. C'était fantastique, mais perturbant à la fois. Par exemple, ils faisaient souvent les mêmes rêves et les mêmes cauchemars. Et quand elle avait cette envie subite de courir dans le jardin des voisins pour voler un steak sur le barbecue, ce n'était pas sa propre volonté mais celle de Zachary...

Elle n'en avait pas trop parlé, parce qu'elle n'était pas certaine de ce que cela signifiait. En vérité, elle était presque sûre que Zack et elle lisaient dans les pensées l'un de l'autre. Seuls ses meilleurs amis, Bobby et Karen, étaient au courant.

Emily ferma les yeux et imagina Zack assis sur le ponton, l'air intelligent et sûr de lui, comme une vraie star d'Hollywood. Elle rouvrit les paupières et découvrit Zachary dans une posture plutôt instable, la patte droite en l'air, pas très à l'aise. Il tint la pose quelques secondes avant de pousser un gémissement.

— Je suis désolée, lâcha-t-elle avec un sentiment de culpabilité.

Elle l'avait recueilli six semaines plus tôt, alors qu'il était échoué sur les rochers devant chez elle, gravement blessé. Il avait, entre autres, la patte avant gauche cassée. On venait juste de lui enlever son plâtre et elle devait être encore fragile.

— C'était idiot de ma part, ajouta-t-elle pour s'excuser.

Elle baissa à nouveau les paupières et se le représenta cette fois avec la patte *gauche* levée, pour que le poids de son corps repose sur celle qui était solide. Zack remua la queue et s'exécuta.

— Génial ! s'exclama-t-elle en retournant à son dessin. Tu es un très gentil chien.

Zachary resta immobile pendant une bonne minute. Jusqu'à ce qu'un écureuil saute dans un arbre voisin. Le labrador bondit aussitôt en aboyant joyeusement.

Bon. Mieux valait faire une pause. Emily posa son matériel et s'allongea dans l'herbe. Quelques nuages apparaissaient dans le ciel, en même temps que tombait un léger brouillard. Mais il y avait encore une belle lumière en ce début d'automne.

— On dirait que tu as réussi à le faire tenir en place quelques minutes, lança son père.

Emily sursauta : elle ne l'avait pas entendu arriver.

— Quelques secondes, tu veux dire, répondit-elle en se redressant pour voir ce que fabriquait Zack.

Il était dans le « jardin », un carré de terrain où les fleurs poussaient dans tous les sens, occupé à creuser un trou.

— Maman ne va pas aimer ça, remarqua Emily.

Theo Feingold lança un coup d'œil vers le chien.

— Si ça se trouve, il est en train d'arracher des mauvaises herbes ? commenta-t-il.

Il se tut un instant avant d'ajouter :

— Est-ce qu'on est censés crier : « Non ! Méchant chien ! » ?

Emily sourit. Son père avait grandi à New York et n'avait jamais eu d'animaux domestiques avant Josephine, la chatte qu'elle avait reçue pour ses six ans. S'il s'était habitué à un chat capricieux, il ne s'était pas encore fait à l'idée d'avoir un chien. Et un grand, en plus.

— Non, Zack ! cria Theo sans conviction.

Zack continua à creuser.

— Je n'ai pas beaucoup d'autorité, constata-t-il.

Emily réprima un rire. Son père se baissa vers elle.

— Tu es bien, là ? C'est confortable ?

Mis à part un caillou qui lui rentrait dans la hanche droite, l'herbe était épaisse et douce. Emily hocha la tête.

Son père portait un pantalon beige et un pull gris sur une chemise blanche. Sa « tenue de prof ». Il examina le sol d'un air méfiant avant de s'asseoir sur l'herbe avec précaution.

— Tes élèves, ils t'obéissent ? questionna Emily, curieuse.

Son père réfléchit un instant avant de répondre.

— Les seconde, oui. Les terminale un peu moins.

Il s'allongea à côté d'elle et croisa ses mains sous sa tête.

— Alors ? demanda-t-il après un silence. Qu'est-ce que tu fais de beau ?

— Je regarde le ciel. Et toi ?

Son père soupira.

— Je ne sais pas… Je réfléchis. Je me demande à quel moment tout a commencé à aller mal.

Oups ! Plutôt angoissant. Elle lui lança un regard interrogateur.

— Je plaisante, dit-il en souriant.

Ils demeurèrent ainsi un moment, à suivre les nuages des yeux et à observer le brouillard recouvrir la baie. Zachary, lassé de creuser la terre, les rejoignit et, à son tour, se coucha dans l'herbe. Il ne tarda pas à s'endormir, et Emily eut bien envie de se laisser tenter, elle aussi, par une petite sieste.

— Vous avez tous les trois été embarqués par une bourrasque de vent, ou quoi ? cria Joanne, la mère d'Emily, quelque part au loin.

Emily rit alors que son père répondait : « Oui ! » Zack, lui, battit mollement de la queue. Mais aucun d'eux ne bougea d'un millimètre.

— C'est bon, j'ai compris, répliqua Joanne. Je vais manger toute seule le menu thaï qu'on a commandé.

Zack bondit sur ses pattes tandis qu'Emily et son père se relevaient aussitôt.

Les plats sentaient délicieusement bon. Emily se rendit compte qu'elle mourait de faim.

Elle était devenue végétarienne à l'âge de neuf ans et, à partir de ce moment-là, ses parents avaient toujours craint qu'elle ne soit pas suffisamment nourrie. Mais maintenant qu'elle dépassait sa mère de deux bons centimètres – alors qu'elle n'aurait *que* douze ans dans neuf jours –, ils étaient rassurés.

Ils étaient tous les trois en train de déguster leur plat dans la véranda (un poulet satay pour Theo et Joanne, une brioche vapeur fourrée aux légumes pour Emily), quand son esprit fut soudain envahi par des images de voitures. Bizarre : les voitures ne l'intéressaient absolument pas !

En réalité elle ne voyait pas *des* voitures, mais *une* voiture. Elle ferma les yeux et essaya de se concentrer. C'était comme si la voiture… volait !

— Ça va, Em ? demanda sa mère.

— Quoi ? fit-elle en ouvrant les yeux.

Elle secoua la tête, un peu désorientée, et s'empressa d'ajouter :

— Oui, oui, tout va bien.

Sa mère posa sa main sur son front pour voir si elle avait de la fièvre.

— Tu as l'air fatiguée. Tu as beaucoup de devoirs ?

— Non, pas trop.

Même si elle venait de rentrer au collège, elle ne croulait pas encore sous le travail.

— Juste un peu de maths et…

L'image de la voiture jaillit de nouveau dans son esprit. Cette fois, on aurait dit qu'elle tombait. Il y avait un homme, aussi. Est-ce que quelqu'un était coincé sous une voiture ?

Debout à côté d'elle, Zack lui lançait un regard implorant. Quand il comprit qu'elle avait bien reçu le message, il fit demi-tour et partit en courant.

Pas besoin de plus d'explications : il y avait urgence. Emily lâcha sa fourchette et se lança à sa suite.

Elle ne savait ni où ni comment, mais elle était certaine d'une chose : non loin de là, quelqu'un était coincé sous une voiture.

Chapitre 2

Au bout de l'allée, Zack n'hésita pas une seconde : il tourna à droite et galopa sur la route. Emily fit de son mieux pour ne pas se laisser distancer.

Devant eux, le long du chemin de terre, était garée une voiture. Un des côtés était surélevé, comme quand on veut réparer un pneu crevé, et Emily aperçut les jambes d'un homme qui dépassaient d'en dessous. C'était la voiture de M. Henrik, un professeur à la retraite. Il vivait à quelques pâtés de maisons de chez eux.

Elle ralentit l'allure : un simple pneu crevé n'est pas un cas d'urgence absolue. Parfois, Zack avait tendance à dramatiser. Un jour, il avait paniqué en voyant sa chatte Josephine se glisser sous le plancher du grenier, alors qu'elle passait son temps à le faire.

— Zack, c'est bon ! lança-t-elle. Reviens !

À cet instant, elle entendit un gémissement. La voiture penchait dangereusement sur un côté. Le cric qui maintenait le véhicule en l'air était en train de lâcher et la voiture menaçait de tomber sur M. Henrik !

Emily repartit de plus belle.

— À l'aide ! Appelez les pompiers ! hurla-t-elle à la ronde.

— Au secours ! supplia M. Henrik d'une voix étouffée. Je suis coincé.

La voiture risquait de s'effondrer d'un moment à l'autre. Il fallait agir vite. Mais que faire ? Emily avait lu quc, parfois, dans des cas extrêmes, les gens trouvaient la force de soulever une voiture. Mais ça avait quand même l'air très lourd…

Elle lança un coup d'œil à Zack, déjà en train de creuser la terre comme un fou. Très malin ! Ça permettrait à M. Henrik de se faufiler. Sauf que Zachary était bien trop près du cric : si celui-ci glissait dans le trou, alors la voiture les écraserait tous les deux.

— Non, Zack ! cria sa maîtresse. Par ici !

Elle se mit à gratter la terre avec ses mains de l'autre côté, à l'arrière du véhicule. Zack bondit pour la rejoindre et recommença à creuser.

— S'il vous plaît, gémit M. Henrik. Allez chercher de l'aide !

Non. Ils n'avaient pas le temps.

Emily s'empara d'une pierre plate pour aller plus vite.

Zack attrapa le bas du pantalon de M. Henrik avec ses dents et tira de toutes ses forces. Emily comprit son plan et prit l'autre jambe pour déplacer M. Henrik dans le trou qu'ils venaient de faire. Pile à ce moment, l'avant de la voiture se mit à tanguer dans un grincement, avant de descendre de quelques centimètres supplémentaires.

Une bonne chose de faite : ils avaient réussi à dégager ses jambes. Mais le haut de son corps était encore coincé. Ils devaient creuser maintenant sous la voiture. Zack était trop grand pour se faufiler, mais elle, elle pouvait. Elle rampa sous la carrosserie, en faisant attention à ne pas accrocher un bout de ferraille, et commença à creuser avec la pierre plate.

— Emily, ne reste pas là, murmura M. Henrik. Va chercher tes parents.

— Je vais faire un trou ici, expliqua la jeune fille, comme ça, on pourra vous tirer de là.

— Non, lâcha-t-il d'une voix rauque. C'est trop dangereux.

Ce n'était pas le moment de discuter, d'autant plus que, au-dessus d'eux, la voiture vacillait avec des craquements sinistres. Soudain, Emily entendit des pas sur la route. Sauvés !

— Emily, sors de là ! cria sa mère.

— Il est coincé, répondit-elle, essoufflée. Et le cric est en train de plier.

— Tu sors immédiatement ! ordonna Mme Feingold d'un ton sans réplique.

Emily hésita un instant. Elle avait rarement entendu sa mère parler ainsi.

— Je reviens tout de suite, dit-elle à M. Henrik, avant de ramper à reculons.

— Tiens, lança Joanne en lui tendant son portable. Reste là où tu es et appelle le 112.

Emily composa le numéro des urgences et donna tous les renseignements nécessaires. Son interlocuteur lui promit d'envoyer la police et les pompiers le plus vite possible.

Entre-temps, ses parents et Zack avaient continué de creuser pour libérer M. Henrik. Ils avaient réussi à l'extraire un peu plus mais, pour une raison mystérieuse, ils ne parvenaient pas à le dégager complètement.

— Quelque chose me retient, expliqua le vieux professeur d'une voix inquiète. Je n'arrive pas à bouger.

Emily s'accroupit pour regarder et vit que sa chemise était accrochée au châssis. Avant qu'on puisse l'en empêcher, elle se glissa de nouveau sous la carrosserie. Elle essaya de ne pas prêter attention aux bruits inquiétants et au fait que la voiture oscillait au-dessus d'eux.

— C'est bon ! s'exclama-t-elle en tirant sur le tissu avec les deux mains.

Aussitôt, ses parents traînèrent M. Henrik hors de son piège. Et Emily se retrouva seule sous la voiture, qui s'affaissait chaque seconde davantage.

— Sors, Emily ! hurla sa mère. Je ne peux pas t'attraper !

Pendant une fraction de seconde, la panique gagna la jeune fille. Puis elle sentit qu'on la tirait par le pantalon. Une main ? Non, les dents de Zack. Ses parents saisirent son autre cheville, la traînèrent sur le sol et, l'instant d'après, le cric lâcha. La voiture s'écrasa dans un vacarme impressionnant.

Le silence qui suivit était si dense que le bruit résonna longtemps. Emily cligna des yeux à plusieurs reprises et regarda autour d'elle pour s'assurer que tous étaient sains et saufs. M. Henrik, assis sur la route, semblait un peu sonné. Les parents d'Emily, sous le choc, examinaient leur fille d'un air inquiet. Quant à Zack, il trottait de long en large en gémissant.

— Ça va ? interrogea sa mère. Tu es blessée ?

— Non, tout va bien, répondit Emily en secouant la tête.

Elle était juste un peu étourdie : tout s'était passé si vite !

Elle entendit les sirènes et aperçut les gyrophares de la voiture de police, suivie d'une ambulance et d'un camion de pompiers. Un journaliste et un photographe du *Courrier de Bailey's Creek* étaient là aussi. Il y eut beaucoup d'agitation et de bruit. L'équipe médicale installa M. Henrik sur un brancard pour l'emmener à l'hôpital de Brunswick. Un des policiers se rendit chez lui pour prévenir sa femme. Tranquillement en train de travailler sur son ordinateur, celle-ci fut choquée d'apprendre qu'un tel drame s'était déroulé à quelques mètres sans qu'elle s'en soit rendu compte.

Les infirmiers examinèrent Emily, même si elle se sentait parfaitement bien. À vrai dire, elle était plus préoccupée par les taches de cambouis sur son jean et sa nouvelle chemise. Ça, c'était vraiment pas de chance. Elle adorait cette chemise.

La police leur posa quelques questions et nota leurs dépositions. Le journaliste souhaitait les interviewer, mais les parents d'Emily refusèrent poliment. Le photographe se contenta de prendre quelques photos de Zack.

Lorsqu'ils purent enfin retourner chez eux, Emily s'inquiéta du silence de ses parents.

— Ne fais plus jamais ça, lança finalement son père.

— Plus jamais, insista sa mère. Tu aurais pu être blessée, ou même… Tu dois être plus prudente, Emily.

Maintenant qu'elle y pensait, cette histoire était plutôt terrifiante.

— Je sais, avoua-t-elle. Je n'ai pas réfléchi. Je suis désolée.

— Tu t'es montrée très courageuse, reconnut Theo. Mais c'était extrêmement risqué.

Après avoir promis de ne plus recommencer, Emily embrassa ses parents et tous se détendirent enfin.

Bonne nouvelle : M. Henrik allait bien ! Il avait deux côtes cassées et passerait la nuit à l'hôpital, mais à part ça, il était en forme.

Le soleil s'était couché, et le dîner des Feingold était froid. Ils décidèrent de réchauffer les plats au micro-ondes.

Josephine s'installa sur le plan de travail, d'où elle pouvait surveiller chacun avec son air désapprobateur. C'était une chatte de petite taille, tigrée, avec une tache blanche sur le poitrail et des yeux jaunes sournois. Zack et elle n'étaient pas vraiment amis, mais ça se passait plutôt pas mal entre eux. La nuit, ils dormaient ensemble sur le lit d'Emily.

— Dis-moi…, lança soudain Theo. Comment as-tu su que M. Henrik avait des ennuis ?

Emily n'avait toujours pas trouvé comment annoncer à ses parents qu'elle lisait dans les pensées de son chien sans passer pour une folle.

— Euh…, vous ne l'avez pas entendu appeler à l'aide ?

Ses parents firent non de la tête.

Comment éviter de leur mentir ?

— C'est à cause de Zack, expliqua-t-elle. Je l'ai suivi quand il est parti en courant. Je suppose qu'il avait senti que quelque chose n'allait pas.

— C'est un chien vraiment intelligent, le complimenta sa mère en le caressant.

Zachary remua la queue, sans quitter des yeux les brochettes de poulet satay qui restaient dans le plat.

— Est-ce qu'on peut les lui donner ? demanda Emily.

— Bien sûr, accepta Joanne.

Quand Emily déposa les morceaux de poulet devant Zack, Josephine poussa un vigoureux miaulement en signe de protestation. La jeune fille se leva pour lui en donner aussi. La présence des épices ne sembla pas déranger la chatte : elle n'en laissa pas une miette. Quant à Zack, il engloutit sa brochette si rapidement qu'il n'eut même pas le temps de remarquer son goût particulier.

Après le dîner, Emily monta prendre sa douche pendant que sa mère mettait à tremper ses vêtements pour essayer de faire partir les taches. Emily elle-même dut se savonner longtemps et faire trois shampooings avant d'être complètement propre. Et encore… Elle avait l'impression de continuer à sentir le cambouis.

Joanne prenait très à cœur le soin des cheveux épais et secs de sa fille. Ça faisait rire Emily de voir sa mère, blonde comme les blés, allongée sur le canapé en train de lire des conseils beauté pour les cheveux crépus. Quand l'amie de Joanne, Mme Jacobs, elle aussi afro-américaine, venait à la maison, elle lui donnait toutes sortes d'astuces du genre : « Le beurre de karité, c'est bien, mais l'huile de grenade, c'est mieux. » Mme Feingold la regardait d'un air penaud et hochait la tête.

En vrai, elle n'arrivait même pas à s'occuper de ses cheveux à elle.

Une fois où ils étaient allés rendre visite à ses grands-parents à New York, la mère d'Emily l'avait emmenée à Harlem, dans un salon de coiffure spécialisé dans les tresses. Toutes les clientes les avaient regardées d'un air amusé. Enfin... avaient regardé sa mère, surtout. Ensuite, ça avait duré des heures. Pour un résultat qui n'avait pas du tout plu à Emily. Chaque fois qu'elle bougeait la tête, les perles s'entrechoquaient ; c'était vraiment casse-pieds. Elle avait gardé les tresses quelques semaines puis avait réussi à convaincre sa mère de les couper. Elle n'avait plus jamais recommencé : pendant un bon moment, elle n'avait rien pu faire d'autre qu'une queue de cheval riquiqui.

Après avoir enfilé sa chemise de nuit, Emily révisa son vocabulaire, fit quelques exercices de maths et envoya des textos à ses copines. Puis ce fut l'heure de se coucher.

Le temps que son père sorte Zachary, sa mère était déjà venue l'embrasser et Emily attendait sous les couvertures, luttant contre le sommeil.

À son retour de promenade, Zachary se précipita vers Josephine, allongée sur le tapis. En guise de réponse, la chatte cracha, le poil hérissé.

Dépité, Zack partit boire dans sa gamelle, dans un coin de la chambre, puis sauta sur le lit en agitant la queue.

— Coucou, Zack, dit Emily qui lui caressa la tête. Merci de l'avoir sorti, Papa.

— De rien, ma chérie.

Son père s'assit au bord du lit pour lui donner un baiser, avant de la dévisager d'un air sérieux.

— Ta mère et moi sommes très fiers de ce que tu as fait ce soir.

Curieusement, la phrase de son père la mit mal à l'aise. Elle n'avait pas vraiment pensé à ce qu'elle faisait ; elle voulait juste aider.

— Mais souviens-toi : plus jamais, ajouta-t-il.

— Promis, assura-t-elle.

En espérant que Zack avait lu dans ses pensées et était d'accord avec elle !

Chapitre 3

Le lendemain matin, Emily se réveilla avec une seule chose en tête : dans huit jours, c'était son anniversaire !

Elle sentit l'odeur des œufs au plat monter de la cuisine… et aussi celle du bacon – beurk ! À la place, lorsqu'elle descendit, elle vit sa mère lui cuisiner une omelette aux légumes et au fromage, avec des tartines et de la compote de pommes. Emily mourait de faim, comme cela arrivait souvent ces derniers temps. Elle partagea quand même son petit déjeuner avec Zack et Josephine.

Parfois, l'un de ses parents l'emmenait au collège en voiture. La plupart du temps, cependant, elle prenait le bus. Son copain Bobby était censé l'accompagner, mais en général, il ne se réveillait pas à temps. Du coup, elle se retrouvait assise à côté d'élèves qu'elle ne connaissait pas. Lorsqu'elle était seule, les autres ne lui parlaient pas. On aurait dit qu'ils essayaient tous de faire comme s'ils n'avaient pas remarqué qu'elle était la seule personne de couleur dans le bus. Mais peut-être était-ce le fruit de son imagination.

L'arrêt de bus était pile devant la supérette de Cyril : une petite épicerie bien fournie, ouverte tous les jours, où les habitants du quartier achetaient du lait, des journaux, des hameçons, des ampoules et bien d'autres articles encore. Cyril avait beau être vieux, il débordait d'énergie et avait toujours des avis tranchés sur tout.

Quand il avait six ans, Bobby avait essayé de voler un Mars, et Cyril ne le lui avait jamais pardonné. Encore maintenant, il refusait de le laisser entrer dans sa boutique.

Devant la supérette se trouvaient une table en plastique blanc très usée et deux bancs. Un petit groupe de voisins s'installait là volontiers et restait des heures à discuter de tout et de rien ou à raconter des histoires invraisemblables. Les touristes adoraient voir les « locaux » bavarder ainsi et s'arrêtaient souvent pour les prendre en photo.

Ce matin-là, M. Washburn, M. Bolduc et Mme Parsons étaient au rendez-vous. M. Washburn était retraité de l'université de Harvard, M. Bolduc et sa femme s'occupaient d'une petite exploitation de sapins et Mme Parsons était poétesse. Emily décida d'aller leur tenir compagnie en attendant le bus. Elle avait toujours aimé écouter leurs conversations, même lorsqu'il s'agissait d'histoires qu'elle avait déjà entendues. De toute façon, il y avait toujours un tas de nouveaux détails intéressants dans leurs récits.

Ils lui firent un petit signe de la main pour lui dire bonjour.

— Mme Henrik était avec nous il y a quelques instants, dit M. Washburn. Elle nous a tout raconté. Bravo à toi !

Emily haussa les épaules d'un air timide.

— C'est surtout grâce à Zack.

— Quand même, insista M. Washburn. Quel courage !

Tandis qu'elle s'approchait de la table, elle entendit un bruit dans les fourrés. Zack avait-il réussi à sortir de la maison ? Ou bien était-ce un animal sauvage ? Soudain elle entendit :

— Psst !

Elle fit demi-tour, écarta les branches et aperçut Bobby, accroupi à côté d'un buisson.

— Qu'est-ce que tu fabriques ? demanda-t-elle.

— Je me cache.

— J'avais deviné, merci ! Pourquoi ?

— À ton avis ? Cyril, évidemment…

Avec précaution, il sortit du fourré. Il portait un jean, des Nike montantes et un sweat-shirt à capuche. Dans leur nouvelle école, il s'était débrouillé pour se faire appeler « Bob », mais Emily le connaissait depuis la maternelle et elle n'arrivait pas à lui donner un autre surnom que « Bobby ».

Bobby secoua la tête pour écarter les cheveux qui lui tombaient devant les yeux (ces derniers temps, il avait une coupe de surfeur, alors qu'il savait à peine monter sur une planche) et observa les environs pour s'assurer que le patron de la supérette n'était pas là.

— Tu as révisé le contrôle de vocabulaire ? interrogea-t-il.

Emily acquiesça.

— Et toi ?

— Nan, lâcha-t-il.

Elle s'y attendait.

— C'est vraiment facile, tu sais ? Il suffit que tu lises la liste maintenant et tu auras un A.

Son ami haussa les épaules, dépité.

— Ça m'étonnerait, je n'ai jamais de A.

C'était vrai. Mais Emily était convaincue que c'était parce qu'il n'essayait pas, et non parce qu'il n'en avait pas les capacités.

Au même instant, le vieux Cyril sortit de sa boutique d'un pas lourd. Il portait un gros sac en plastique qu'il jeta dans la poubelle.

— Bonjour, Emily ! lança-t-il gaiement.

Puis, pointant un doigt vers Bobby, il ajouta :

— Toi, le délinquant, tu n'es pas autorisé à être sur ma propriété.

Bobby regarda le sol.

— Où est la limite, monsieur ?

Cyril s'approcha en grommelant et, avec son talon, traça une ligne dans la terre. Il portait toujours des chaussures militaires, vieilles mais impeccablement cirées. Emily supposait qu'elles dataient de la guerre du Vietnam.

— Pas un centimètre au-delà de ça, annonça Cyril.

Bobby hocha la tête et avança de quelques pas, de manière à ce que le bout de ses chaussures soit juste derrière le trait.

Le vieillard fronça les sourcils.

— Tu fais le malin ?

Bobby secoua la tête.

— Non, monsieur. Malin, c'est trop dur pour moi.

Cyril se renfrogna davantage en lissant sa grosse moustache blanche.

— Bien vu.

Emily intervint pour changer de sujet :

— Monsieur, c'est vrai que les Black Bears ont recruté un super gardien cette année ?

Cyril avait une passion pour le hockey. Ça marchait à tous les coups.

— Non, il a préféré aller à Boston, soupira Cyril. J'ai comme l'impression qu'on va se retrouver avec un amateur dans les filets, cette année…

Emily le regarda gentiment.

— Pas de chance. J'espère que ça se passera mieux que vous le pensez.

Cyril baissa la tête, l'air abattu.

Un bruit de moteur se fit entendre : le bus approchait. Il ralentit puis stoppa au coin de la rue. Emily et Bobby se précipitèrent pour monter car le chauffeur habituel, Mme O'Toole, détestait attendre. Avec le frère et la sœur aînés de Bobby, ils étaient les seuls enfants du quartier.

Leur collège accueillait les élèves de plusieurs villes alentour et était beaucoup plus grand que l'école primaire. À la rentrée, Emily avait craint de ne connaître personne, mais elle s'était finalement réjouie de croiser quelques visages familiers, même parmi le personnel.

C'était la première fois qu'elle se retrouvait dans le même établissement que son amie Karen. C'était chouette de pouvoir s'asseoir l'une à côté de l'autre ou de traîner ensemble tous les jours. En revanche, elle n'était avec Bobby que pour les cours d'anglais, de SVT et d'arts plastiques.

Lorsqu'elle arriva en classe, Karen était déjà assise au fond, ses écouteurs d'iPod dans les oreilles. Son père était professeur de musique et sa mère artiste, Karen était donc assez branchée art. Les élèves avaient le droit de se servir de leurs iPod ou portables jusqu'à la sonnerie, et aussi à l'heure du déjeuner. Beaucoup essayaient d'écrire des textos sous la table pendant les cours. Emily, elle, préférait ne pas s'attirer d'ennuis.

Elle laissa tomber son sac à dos sur la table et s'assit.

— Qu'est-ce que tu écoutes ?

— Sun Ra, répondit Karen.

Emily n'en avait jamais entendu parler. Sans doute un pianiste ou un saxophoniste de jazz – le style préféré de Karen.

— C'est bien ?

En guise de réponse, Karen lui tendit un de ses écouteurs. Emily se concentra pendant une minute avant de le rendre à son amie avec une drôle de tête.

— Ça hurle trop, conclut-elle.

Avec un hochement de tête, Karen éteignit son lecteur MP3 et le rangea dans son sac à dos.

— C'est vrai ! Mais il a créé quelque chose de nouveau, alors j'aime bien l'écouter pour comprendre sa démarche.

Tout ce qu'il y a de plus logique. Quand ses parents l'emmenaient au musée, Emily faisait toujours l'effort de regarder les tableaux qu'elle n'aimait pas pour savoir pourquoi ils ne lui plaisaient pas.

— Tes parents sont toujours fâchés ? demanda Karen.

Emily l'avait appelée la veille pour lui raconter l'histoire de la voiture de M. Henrik.

— Plus trop. Mais j'ai promis de ne plus jamais ramper sous une voiture sur le point de s'écrouler.

— Sans blague ! Ils exagèrent, ironisa Karen.

Emily sourit. À tous les coups, la prochaine fois, ils lui demanderaient aussi de ne pas jouer dans les embouteillages ou de ne pas faire voler de cerfs-volants pendant un orage !

— Il y a quand même un problème, soupira Emily. Ma chemise bordeaux est fichue.

— Super ! répliqua Karen. Comme ça tu vas pouvoir en acheter une plus jolie !

Pas question ! Emily aimait bien ce genre de vêtements, simples et faciles à porter. Ce n'était pas le cas de Karen, qui faisait très attention à la mode. Elle avait de longs cheveux bruns avec une raie au milieu, et une peau très blanche que sa mère tartinait toujours de crème solaire indice 60. Une seule chose mettait d'accord les deux filles : les Converse. Sauf qu'Emily les préférait montantes, noires ou à motifs. Karen, elle, les portait basses et rose flashy.

— N'empêche, je parie que tu vas racheter la même chemise, prédit Karen.

Emily éclata de rire.

— Exact !

Chapitre 4

Emily était au collège depuis quelques jours seulement mais elle aimait plutôt ça. Ses professeurs étaient gentils, et les cours pas mal. Presque intéressants, même.

Son contrôle de vocabulaire se passa bien. Heureusement qu'elle avait fini tous ses devoirs la veille, car elle avait été interrogée en cours de maths. En espagnol, ils ne faisaient pas grand-chose de plus que dire « *Hola* » et « *¿Cómo está usted?* » ; elle s'ennuyait copieusement.

Cet après-midi-là, pendant le cours d'histoire, elle essaya de se concentrer sur la Chine ancienne, mais après avoir mangé deux grosses parts de pizza au déjeuner, elle avait plutôt envie de dormir.

Pour rester éveillée, elle fit quelques croquis : Josephine, Zack puis un voilier en train de naviguer sur la mer. Les professeurs n'aimaient pas la voir dessiner en classe, mais elle était convaincue que cela stimulait une partie de son cerveau. Et surtout, dessiner lui donnait la pêche.

Elle n'était pas satisfaite de l'allure de son bateau : il ne faisait pas « vrai ». Elle recommença en modifiant les courbes et la manière dont le vent gonflait les voiles, mais ce n'était toujours pas ça. Elle tourna la page de son cahier pour un nouvel essai.

Un éclat de rire général la ramena à la réalité. Le prof parlait du confucianisme, et Keith, un garçon de sa classe, venait de lever la main pour dire : « Monsieur Lambert, le confucianisme, c'est confus ! » Le prof n'en finissait plus de donner des détails à mourir d'ennui.

Soudain, il y eut un grattement familier à la fenêtre. Emily eut envie de disparaître sous son bureau. Zack ! D'une manière générale, Emily le trouvait *parfait* ; malgré tout, son chien avait une mauvaise habitude. Régulièrement, il réussissait à sortir de la maison et venait la retrouver à l'école. En fait, c'était le septième jour d'école et il l'avait déjà fait cinq fois. Le premier jour, elle avait vu sa tête blanche surgir d'un coup derrière la vitre, amusée. Une autre fois, c'était le professeur qui avait annoncé sur un ton exaspéré : « Mademoiselle Feingold, on dirait que vous avez *encore* de la visite. » Quelques-uns de ses profs avaient trouvé ça plutôt drôle, mais la majorité étaient agacés.

Quand Zack comprit qu'elle l'avaient vu, il se mit à aboyer.

— Regardez, c'est le chien Avenger ! cria un des garçons et tous les autres éclatèrent de rire.

Monsieur Lambert poussa un soupir.

— Mademoiselle Feingold, plus c'est fréquent, moins c'est drôle.

Elle lança un coup d'œil vers Karen. Celle-ci griffonnait quelque chose sur un bout de papier, qu'elle glissa ensuite vers elle.

« Faux, c'est *toujours* aussi drôle ! » avait marqué Karen de sa petite écriture ronde.

Emily pensait la même chose, mais elle se garda bien de le dire à haute voix.

Zack aboya de nouveau et un des élèves entrouvrit la fenêtre. Le labrador n'hésita pas une seconde : il s'engouffra dans l'entrebâillement et sauta dans la classe. Il atterrit sur le sol avec un bruit sourd et trotta jusqu'à sa maîtresse, content de lui. Puis il s'assit à côté de sa table et leva la patte. Emily la prit aussitôt, sans réfléchir.

— Je suis ravi que vous ayez un animal si savant, mademoiselle Feingold, s'énerva M. Lambert. Mais vous allez devoir le faire sortir immédiatement. Non seulement il perturbe le cours, mais imaginez qu'un élève soit allergique ?

Aussitôt, certains se mirent à tousser et à renifler, déclenchant l'hilarité générale.

Emily rangea ses affaires et fit signe à Zack de la suivre.

M. Lambert lui donna un mot pour la vie scolaire.

— Je ferme les yeux pour aujourd'hui. Mais assurez-vous désormais qu'il reste chez vous.

— Oui, monsieur, répondit Emily en prenant le papier.

Une fois dans le couloir, Emily serra Zack bien fort dans ses bras. Même s'il n'aurait pas dû être là, elle était heureuse de le voir.

— Comment tu es sorti de la maison ? demanda-t-elle.

Zack remua la queue en la regardant et, instantanément, elle visualisa une moustiquaire déchirée dans la petite véranda, à l'étage.

Elle fronça les sourcils.

— Tu es passé par la moustiquaire ? Tu n'aurais pas dû faire ça, Zack. Tu aurais pu te faire mal.

Et ses parents seraient certainement furieux de devoir en racheter une nouvelle.

Zack jappa joyeusement ; elle comprit qu'elle avait vu juste. Ensuite, il avait certainement couru jusqu'à l'école, sur quatre ou cinq kilomètres, et traversé de nombreuses routes… Elle frémit en songeant aux voitures qui circulaient.

— Tu ne dois pas faire ça, Zack ! C'est trop dangereux ! Et Josephine ? Elle pourrait s'être échappée aussi !

Zack pencha la tête sur le côté, intrigué.

Elle s'attendait toujours à ce qu'il comprenne ce qu'elle disait, mais la communication par images fonctionnait bien mieux. Elle ferma les yeux et se représenta Josephine en train de se promener dans la véranda, puis sautant sur le rebord de la fenêtre. Après avoir reniflé la moustiquaire, sa chatte filait dans le jardin. Emily arrivait à cet instant et découvrait avec horreur qu'elle s'était enfuie.

Lorsqu'elle ouvrit les yeux, Zack baissa la tête d'un air coupable.

— Il faut que tu restes à la maison quand je suis à l'école, dit-elle fermement. OK ?

Une nouvelle vision passa devant ses yeux : Josephine, sur le rebord de la fenêtre, miaulait d'ennui, puis s'allongeait sur le canapé dans le rayon de soleil de l'après-midi.

Impossible de savoir si c'était ce qui s'était réellement passé.

En marchant dans le couloir avec Zachary, la jeune fille se sentit un peu gênée. Surtout lorsqu'elle croisa un groupe de troisième. Ils rirent en voyant Zack, mais leurs blagues n'étaient pas méchantes. Emily entendit juste : « Il a un sacré look pour un élève de sixième, celui-là ! » Elle ne pouvait pas s'en offusquer !

Lorsqu'elle arriva à la vie scolaire, deux des surveillantes sourirent et la troisième fronça les sourcils.

— Eh bien, on dirait que tu manques beaucoup à ton ami, remarqua l'une d'elles, Mme Petrossi.

Emily hocha la tête d'un air penaud.

Mme Petrossi la fit entrer chez la principale. Assise derrière son bureau, Mme Wilkins l'attendait, toujours très stricte avec ses vêtements classiques et son chignon.

— Nous ne sommes qu'à sept jours de la rentrée et on se connaît déjà un peu trop, je trouve, lâcha-t-elle sèchement.

Emily baissa les yeux.

— Je suis désolée. Il est tellement intelligent qu'il trouve toujours un moyen de sortir de la maison.

Zachary, lui, semblait très content de voir Mme Wilkins : il fit le tour du bureau pour aller lui dire bonjour. Elle lui caressa la tête.

— Il est adorable, c'est sûr. Mais cela perturbe la classe et, pire, te fait manquer des cours.

— Je sais, répondit Emily en prenant son portable. Est-ce que je peux appeler mes parents pour qu'ils viennent le chercher ?

Mme Wilkins acquiesça et Emily vérifia l'heure. 13 h 30. Son père était sûrement en plein cours sur la guerre de Sécession, mais sa mère devait être en pause. Elle l'appela en premier.

— Tout va bien ? s'inquiéta Joanne dès qu'elle décrocha.

— Je suis… euh… dans le bureau de la principale, glissa Emily.

Ce qui n'était pas la réponse la plus rassurante du monde : sa mère poussa un petit cri.

— Je veux dire… Zack est ici, de nouveau, précisa Emily.

Joanne soupira.

— Ah ! d'accord… Comment a-t-il réussi à s'échapper, cette fois ?

Peut-être par téléportation ? À moins que ce ne soit par la moustiquaire…

— Je ne sais pas. Mais je suis un peu inquiète… S'il a laissé une fenêtre ouverte, Josephine a pu sortir aussi, mentit Emily

Sa mère soupira de plus belle.

— Eh bien, il nous reste juste à espérer qu'elle est trop craintive pour ça.

Ou trop paresseuse, plutôt.

Après que sa mère lui eut dit qu'elle arrivait le plus vite possible pour emmener Zack, Emily tendit son portable à Mme Wilkins. Elle eut beau s'efforcer de ne pas écouter leur conversation, elle entendit le mot « perturbateur ».

Lorsque Mme Wilkins raccrocha, elle expliqua à Emily qu'elle devait laisser son chien à une des surveillantes et retourner tout de suite en cours. À contrecœur, la jeune fille tendit la laisse à Mme Petrossi et caressa la tête de Zack en lui demandant de rester sage. Mais à peine avait-elle traversé la pièce qu'il se mit à gémir et à tirer sur sa laisse. Mme Wilkins fut obligée d'autoriser Emily à rester avec lui jusqu'à ce que sa mère arrive.

Elle s'assit donc sur une chaise, à côté de deux quatrième qui s'étaient bagarrés pendant le cours de sport et avaient été convoqués par la principale.

Zachary observa d'abord les deux garçons d'un air méfiant. Puis il bâilla, s'allongea sur la moquette et posa sa tête sur la chaussure d'Emily.

— Il est cool, ce chien, commenta un des garçons.

— Merci, répondit Emily.

Elle se pencha pour caresser la tête de Zack et il battit une ou deux fois de la queue avant de s'endormir.

— Grosse embrouille ? interrogea-t-elle.

Les deux garçons échangèrent un regard en haussant les épaules.

— Non, un truc débile, marmonna le premier.

L'autre hocha la tête.

— Il m'a balancé un coup pendant le match de foot et j'ai pété les plombs.

— J'ai *trébuché*, reprit le premier.

— Ouais, c'est bon, j'ai compris.

Mme Wilkins sortit de son bureau et leur ordonna d'entrer.

Restée seule, Emily prit son cahier et essaya une nouvelle fois de dessiner un voilier au milieu des vagues. En fin de compte, son croquis ressemblait au gribouillage d'un enfant de huit ans... Elle l'examina, dépitée, pour comprendre ce qui clochait. Peut-être avait-elle tort de vouloir tout dessiner d'un coup ? Mieux valait s'entraîner sur chacun des éléments, puis faire le dessin entier une fois qu'elle en maîtriserait les détails – la coque, le mât, la voile.

Par ailleurs, si elle voulait suggérer l'idée d'un vent fort, peut-être devait-elle travailler d'abord sur les vagues ? Ensuite, elle pourrait ajouter le voilier, qui avancerait en fendant la mer. À la place du voilier, elle pouvait même dessiner une simple bouée secouée par les flots. D'un point de vue artistique, c'était le même concept, sauf que c'était techniquement plus facile et…

Zack ouvrit les yeux et se redressa d'un bond. La truffe pointée en avant, il huma l'air en levant la patte. Sans savoir pourquoi, Emily se sentit soudain crispée. À son tour, elle sauta sur ses pieds.

Il se passait quelque chose dans l'école. Un truc pas terrible.

Chapitre 5

Zachary se précipita hors du bureau, Emily à ses trousses. Elle entendit deux personnes s'exclamer dans son dos :

— Hé ! Où allez-vous comme ça ? Revenez !

Mais elle n'avait pas le temps de s'arrêter. Alors qu'ils passaient à toute allure devant un professeur, celui-ci leur cria :

— On nc court pas dans les couloirs !

Emily ne savait pas très bien où ils allaient, mais si Zack continuait à ce train-là, elle devrait demander à ses parents de lui acheter des chaussures de course ! Ses Converse n'étaient pas faites pour ce genre de sport.

Zachary semblait se diriger vers le gymnase. Elle s'autorisa alors à ralentir le rythme pour retrouver son souffle. Mais ils dépassèrent le bâtiment et tournèrent en direction de l'auditorium.

— Où tu m'emmènes, Zack ? demanda-t-elle, à bout de souffle.

La seule image qui lui apparut alors les montrait en train de courir dans le couloir. Pas de nouvelle info, donc.

Une fois arrivé, Zack fonça tête baissée dans les portes de l'auditorium. Qui ne s'ouvrirent pas. Il lança un regard implorant à Emily.

— Je pense qu'elles sont verrouillées, dit-elle en essayant de voir quelque chose à travers la vitre de l'un des battants.

Elle ne distingua que les longues rangées de fauteuils devant la scène. Tout était plongé dans le noir. Seules les deux lampes des issues de secours brillaient dans l'obscurité.

— C'est désert, Zack.

Il ne renonça pas et se mit à gratter la porte.

Elle appuya sur la poignée et, à sa grande surprise, le battant s'ouvrit, laissant pénétrer la lumière dans la grande salle sombre.

— Ohé ! lança-t-elle à tout hasard.

— Il y a quelqu'un ? répondit une voix tremblante.

Une voix féminine, au bord des larmes, quelque part près de la scène.

— Oui ! répondit Emily. Désolée, je ne voulais pas vous déranger. Je… euh… la porte était ouverte.

— Vous pouvez m'aider ? supplia la fille. Je crois que je me suis cassé la jambe.

Oups ! Emily poussa la porte et descendit avec précaution les marches derrière Zachary. La fille était étendue sur le sol, en bas de la scène. Sa jambe était dans une position bizarre.

— Oh ! là, là ! Qu'est-ce qu'il s'est passé ?

L'inconnue pleurait. Elle s'essuya les yeux du revers de la main et retrouva une voix plus assurée :

— J'avais oublié mon sac, après la chorale, ce matin. Je suis revenue le chercher à midi et, en sautant de la scène, je suis tombée.

Et bien tombée, même, vu sa jambe complètement tordue.

— J'ai essayé de ramper pour sortir d'ici mais ça fait trop mal, poursuivit-elle d'une voix qui tremblait de nouveau.

— Je vais chercher de l'aide, déclara Emily.

Zack commença à remonter les marches avec elle, mais elle lui ordonna de rester.

— Je reviens tout de suite, promit-elle. Tu restes là avec…

Elle lança un regard interrogateur à la fille.

— Charlotte, précisa celle-ci.

Emily fit un bref signe de tête.

— Moi, c'est Emily.

Puis, se tournant vers Zack :

— Tiens compagnie à Charlotte, d'accord ?

Aussitôt, une image surgit devant ses yeux : Zack et elle courant dans les couloirs en direction du bureau. Elle évacua cette vision et, à la place, se représenta le labrador assis à côté de Charlotte, pendant que cette dernière le caressait.

— Eh ben ! lança Charlotte, stupéfaite. C'est étrange, j'ai eu l'impression que vous étiez en train de vous parler, tous les deux.

— Oh… C'est vraiment un super chien. Bon, je reviens tout de suite.

Elle pensa d'abord retourner au bureau de Mme Wilkins pour la prévenir, ou aller voir l'infirmière. Mais après réflexion, elle songea que le gymnase était plus proche et que les profs de sport savaient quoi faire avec les blessés. Elle s'y précipita. Mme Quindlen était en train de surveiller un groupe de quatrième qui jouaient au volley-ball. Elle avait des cheveux roux, longs et frisés, et une voix tellement forte que, quand elle criait, les gens devaient l'entendre jusqu'à Portland.

— Excusez-moi, Coach…, lança poliment Emily.

Dès le premier cours, Mme Quindlen leur avait ordonné de l'appeler « Coach », et pas autrement.

La prof lui lança un regard noir.

— Tu es sur le terrain, Emily Feingold. Et... pourquoi n'es-tu pas en classe ?

Emily recula de deux pas.

— Une élève est tombée dans l'auditorium, Coach. Je crois qu'elle s'est cassé la jambe.

La coach fronça les sourcils et donna un coup de sifflet.

— Mary, viens ici !

Une des filles s'arrêta de jouer et courut vers elle, sa queue de cheval se balançant à chaque foulée. Mme Quindlen lui tendit son sifflet.

— Tu me remplaces un moment. L'équipe rouge est encore au service et mène 10 à 4.

Mary fit un signe de la tête et passa le cordon du sifflet autour de son cou.

Dès l'instant où Emily et Mme Quindlen entrèrent dans l'auditorium, tout alla très vite. La prof s'était arrêtée en chemin pour prendre une poche de glace et, aussitôt près de Charlotte, elle appela l'infirmière et les secours.

Quelques minutes plus tard, la principale arriva à son tour. À la grande surprise d'Emily, elle était accompagnée de sa mère.

— Où étais-tu ? demanda celle-ci, sur un ton plus curieux que contrarié.

En guise d'explication, Emily montra Charlotte. Les urgentistes étaient en train de la déplacer sur un brancard, après avoir immobilisé sa jambe avec une attelle gonflable. Selon le premier diagnostic, elle s'était déboîté le genou. Emily frémit : ça devait être horriblement douloureux. Avant d'entrer dans l'ambulance, Charlotte leva son pouce vers Emily, qui lui répondit de la même manière.

Les cours étaient presque terminés, Mme Wilkins autorisa donc Emily à quitter le collège. Pendant que sa mère retournait à la voiture avec Zack, la jeune fille se dirigea vers son casier pour récupérer ses affaires. Par chance, elle croisa Bobby et Karen dans le couloir au moment où ils sortaient de la classe. Elle leur raconta ce qui s'était passé et nota les devoirs à faire en histoire et en SVT, le second cours qu'elle avait raté.

Puis Bobby et elle rejoignirent sa mère sur le parking.

— C'est possible de raccompagner Bobby chez lui ? Comme ça, il n'est pas obligé de prendre le bus.

Sa mère hocha la tête.

— Bien sûr. Mais ensuite, je veux que tu viennes avec moi à l'université, Em. J'ai un cours à 16 heures.

Devant Bobby, Emily se retint de discuter. Depuis des semaines, elle et ses parents se disputaient à ce sujet : était-elle assez grande pour rester seule à la maison ? Elle affirmait que *oui* à deux mille pour cent ; Theo et Joanne, eux, prétendaient le contraire. Résultat : elle passait ses après-midi dans le bureau de l'un ou l'autre. Parfois – mais c'était presque un miracle – chez une copine ou un copain, à la stricte condition qu'il y ait un adulte dans la maison.

Sur cette question, Emily trouvait ses parents beaucoup trop sévères. Mais elle avait décidé d'attendre le jour de ses douze ans pour retourner au combat. C'est-à-dire dans une semaine.

— Je pensais travailler sur mon bateau, cet après-midi, intervint Bobby en attachant sa ceinture de sécurité. Peut-être qu'Emily peut venir avec moi ?

Mme Feingold hésita. Elle n'aimait pas trop qu'Emily traîne sur les quais car elle trouvait que l'atmosphère y était « glauquc ». Emily ne savait pas vraiment ce qu'elle entendait par là.

— Est-ce que tes parents seront là ?

Bobby haussa les épaules.

— Je ne sais pas... Papa doit relever les casiers, aujourd'hui, et je ne sais pas exactement quand il revient. Et Maman sera sûrement au vivier.

Le père de Bobby était pêcheur de homards et sa mère gérait un petit vivier où tous les habitants du coin achetaient les homards, les crabes, ou autres crustacés fraîchement attrapés.

— Mais ma tante sera sûrement dans le coin en train de travailler sur son bateau, ajouta Bobby. Et il y aura quelques cousins, aussi.

Sa tante Martha avait été capitaine d'un bateau de pêche industrielle pendant des années, mais à cause des nouvelles lois de la zone côtière, très compliquées, elle s'était rabattue sur la pêche au homard. Emily savait que sa mère était trop polie pour dire qu'elle trouvait les cousins de Bobby indisciplinés et turbulents – ce qui était vrai. Selon elle, ils avaient une mauvaise influence, mais Emily n'était pas du tout d'accord. Elle aimait beaucoup les Percival. Ils débordaient d'énergie et de gaieté. Quand elle était avec eux, elle regrettait de ne pas avoir une plus grande famille.

Était-elle réellement fille unique, d'ailleurs ? Il lui arrivait parfois de penser qu'elle avait peut-être des frères et sœurs quelque part, qu'elle ne connaîtrait jamais.

À peine sa mère se fut-elle garée devant la maison qu'Emily se précipita à l'intérieur pour s'assurer que Josephine n'était pas partie. Quel soulagement lorsqu'elle la vit, tranquillement endormie sur le canapé du salon ! Quand elle entra ensuite dans la véranda, elle ne fut pas étonnée de découvrir la moustiquaire déchirée : Zack était bel et bien passé par là. Elle ferma la fenêtre pour éviter que lui et Josephine ne soient tentés par une petite promenade.

Pendant que sa mère passait quelques coups de fil et que Bobby prenait son goûter dans la cuisine, elle monta dans sa chambre pour se changer. Elle enfila un vieux sweat-shirt des Red Sox, leur équipe de base-ball favorite, et un jean élimé. Lorsqu'ils travaillaient sur le bateau, elle finissait toujours couverte de sciure. Même si elle n'avait toujours pas compris pourquoi Bobby avait décidé de construire un bateau, elle trouvait cette idée géniale. Avant de s'y mettre, il avait demandé à ses parents de l'emmener dans une librairie. Ils avaient été tellement surpris – et contents –, qu'ils lui avaient acheté une tonne de livres sur la construction navale. S'il était toujours aussi réticent à faire ses devoirs, il passait en revanche des heures à lire ses bouquins de bateaux, à prendre des notes et à faire toutes sortes de plans et de diagrammes compliqués.

Comme Joanne était en retard pour l'université, elle autorisa Emily à accompagner Bobby jusqu'au port, avec Zack. Emily promit de faire bien attention, et d'appeler s'il commençait à faire nuit quand ils auraient fini, pour que quelqu'un vienne les chercher.

Avant de partir, Emily vérifia que Zack avait bu et mangé quelques croquettes. Il y avait peu de circulation sur la route, car ils n'étaient pas nombreux à habiter là toute l'année. La plupart des maisons étaient des résidences secondaires, dont les riches propriétaires ne venaient pas souvent.

Presque tous les voisins étaient des retraités. Comme les Peabody ou les Henrik. Le voisinage était donc paisible, et les habitants étaient tous très sympathiques. Sauf Mme Griswold.

Toutes sortes de rumeurs couraient sur cette veuve, qui vivait dans un petit pavillon à mi-chemin entre la maison d'Emily et celle de Bobby. On disait qu'elle possédait un fusil de chasse pour tenir les gens à l'écart de sa propriété ; et aussi qu'elle avait tué son mari. Emily n'y croyait pas, car ses parents lui avaient raconté que le pauvre homme était mort dans un accident de voiture. L'histoire du fusil, en revanche, lui semblait tout à fait probable.

Elle était certaine de deux choses : Mme Griswold était vraiment revêche, et elle marchait avec une canne. Parfois, elle allait en ville sur un vieux vélo noir, complètement déglingué.

Bobby la craignait, mais, en même temps, elle l'intriguait. Il voulait toujours passer devant chez elle, pour voir. Emily, elle, n'avait pas du tout envie de se faire repérer. Pour une raison mystérieuse, Zack aimait bien Mme Griswold. Au début, quand il était arrivé chez eux, elle avait téléphoné deux ou trois fois pour se plaindre qu'il aboyait trop. Mais quand ils la croisaient en promenade, Zack courait au-devant d'elle en remuant la queue avec enthousiasme. Et, bizarrement, certaines fois, Mme Griswold semblait presque sourire. Ça ressemblait plus à une grimace qu'à un vrai sourire, n'empêche, Emily avait remarqué que Mme Griswold s'adoucissait un peu en présence de Zack.

— Qu'est-ce que tu crois qu'elle fait de ses journées, Mme Griswold ? demanda Bobby tandis qu'ils marchaient le long de la route. Elle reste assise à ruminer ses mauvaises pensées sur le monde entier ?

Emily secoua la tête.

— Peut-être, mais je pense surtout qu'elle est triste.

Bobby eut une moue dubitative.

— Moi, je suis sûr qu'elle passe son temps à comploter contre nous.

Son visage s'éclaira soudain, et il ajouta :

— Tu veux pas qu'on balance un caillou sur sa porte et qu'on parte en courant ?

— Non !

Bobby avait déjà ramassé une pierre et s'apprêtait à l'envoyer contre la porte. Il interrompit son geste.

— Pourquoi ?

Il y avait des milliers de bonnes raisons de ne pas le faire.

— Je sais que Zack n'aimerait pas ça, répondit-elle.

— Ah..., réagit Bobby en lâchant le caillou. D'accord, on ne le fait pas. J'en ai pourtant assez d'avoir l'impression de devoir me cacher. Nous aussi, on vit là, quand même !

— Si elle préfère rester dans son coin, je pense qu'on doit la laisser tranquille, expliqua Emily.

Bobby haussa les épaules.

— Tu as raison. Mais on dirait qu'elle nous en veut particulièrement.

— Bah..., commenta Emily. Peut-être que...

À cet instant précis, un long grincement résonna dans l'air. Ils stoppèrent net et regardèrent en direction de la maison.

La porte était ouverte !

Chapitre 6

Mme Griswold se glissa sur le perron. Elle portait un pull informe et un pantalon noir.

— Où est son chapeau de sorcière ? murmura Bobby.

Emily faillit éclater de rire. Elle lui donna un coup de coude dans les côtes.

Mme Griswold, qui se dirigeait vers sa boîte aux lettres, s'arrêta en les voyant.

— Qu'est-ce que vous fabriquez là ? lança-t-elle sèchement.

Emily jeta un regard vers Bobby. Il semblait ne vouloir qu'une chose : partir en courant. Comme elle.

— Euh…, bafouilla-t-elle. Nous… euh… On va…

Mme Griswold la dévisagea d'un air impatient.

— Mais parle, bon sang ! Je ne mords pas.

Eh bien justement, certains, en ville, prétendaient que si.

Emily essaya de trouver quelque chose à dire, mais Mme Griswold la rendait si nerveuse qu'elle ne trouvait plus ses mots.

— On... euh... on promène le chien.

— Alors continuez, répliqua Mme Griswold. Je n'ai pas besoin que des gamins traînent devant chez moi.

Message reçu.

Malheureusement, Zack – qui n'avait pas cessé de remuer la queue – avait une autre idée en tête. Il tira sur sa laisse, qui échappa des mains d'Emily, traversa la rue en courant et bondit par-dessus la clôture de la vieille femme.

— Oh, mon Dieu ! s'exclama celle-ci, stupéfaite.

Puis, fronçant les sourcils, elle se tourna vers Emily :

— Tu ne peux pas contrôler cette bête ?

D'accord, il avait sauté par-dessus la clôture, mais ce n'était pas une raison pour parler de lui ainsi !

— Madame Griswold, il s'appelle *Zachary*, rétorqua-t-elle en fronçant elle aussi les sourcils.

Pendant quelques secondes, il y eut un silence électrique.

— Oui, bien sûr, dit brusquement Mme Griswold. Va-t'en, Zachary !

Au lieu de lui obéir, le labrador grimpa les marches du perron et s'approcha d'elle, sans cesser de remuer la queue.

Mme Griswold soupira.

— Bon, d'accord…

Prenant appui sur sa canne, elle se pencha pour lui donner une caresse. Zack n'en demandait pas plus : il aboya joyeusement en guise de réponse et repartit au galop vers Emily. En sautant une nouvelle fois par-dessus la clôture.

Mme Griswold secoua la tête.

— N'importe quoi, marmonna-t-elle avant de prendre son courrier et de rentrer chez elle.

Pourtant… on aurait dit qu'elle avait un petit sourire.

Un tout petit sourire.

Emily se tourna vers Bobby, qui haussa les épaules et se remit en marche. Zack avait l'air très content de lui et trottinait gaiement sur la route.

— C'était incroyable, commenta Bobby.

— En fait, je crois qu'il peut sauter bien plus haut que ça. Cette clôture, elle fait, quoi… ? Un mètre, non ?

Bobby éclata de rire.

— Pas la clôture ! Je parlais de Mme Griswold. Elle s'est presque comportée comme un être humain.

— Zack l'aime bien. Et je pense que, du coup, elle aussi.

— N'empêche, c'est quand même bizarre... Bon, elle nous a pas tiré dessus, c'est déjà ça !

Lorsqu'ils arrivèrent près du port, Zack était de plus en plus excité. Il remuait la queue si fort que tout son corps se tortillait. Quelle joie de le voir ainsi ! Les premières fois, il avait été terrifié. Emily était convaincue que la vue des quais lui rappelait ses anciens maîtres : deux frères déplaisants au possible, des pêcheurs qui vivaient un peu plus haut sur la côte.

À présent, Zack semblait adorer venir là. Peut-être que le propriétaire du chantier naval voisin, Phil, y était pour beaucoup. Il lui donnait toujours des morceaux de bœuf séché.

Comme la plupart des bateaux ne rentraient pas au port avant le coucher du soleil, les quais étaient plutôt calmes. Certains pêcheurs lavaient leur bateau, d'autres vérifiaient leur matériel ou préparaient les appâts.

Le port de plaisance se trouvait à gauche, dans la partie la plus abritée de la baie. C'était la zone touristique : il y avait deux restaurants, un glacier, un hôtel avec vue sur la mer et la Taverne de Crowley qui vendait des fritures de poissons, des sandwichs au homard et d'autres spécialités du coin. L'été, l'endroit était toujours bondé, mais hors saison il n'y avait pas grand monde.

Un peu plus loin, un chantier naval et une petite scierie permettaient aux propriétaires de bateaux et aux pêcheurs d'acheter du matériel et de faire réparer leurs embarcations. La capitainerie était située juste derrière. Érigée sur une plateforme, elle était équipée de baies vitrées panoramiques pour permettre au capitaine et à ses assistants d'avoir une vue d'ensemble sur le port.

Sur la droite, on apercevait les quais et les pontons réservés aux pêcheurs. Le vivier à homards de la famille de Bobby était dans une petite baie, de l'autre côté. On ne le voyait pas du port. Bâti sur le front de mer, il possédait de vastes réservoirs qui pompaient l'eau de mer en permanence pour conserver les homards et les fruits de mer. Souvent, les bateaux s'y arrêtaient après avoir relevé leurs casiers et déchargeaient leur pêche avant de regagner le port principal.

Le vivier comportait une cuisine, et lorsque Mme Percival y était disposée, elle concoctait un plat de palourdes pour les clients. À l'arrière, un grand four lui permettait aussi de cuire quelques pains au levain ou des tartes aux myrtilles. Depuis le jour où Emily était devenue végétarienne – ce que tous les Percival considéraient comme une chose étrange –, Mme Percival faisait en sorte d'avoir une soupe de légumes ou de maïs prête pour qu'elle puisse partager leur repas si elle était là.

La tante de Bobby, Martha, se trouvait sur le ponton où était amarré son bateau, le *Lady's Choice*. C'était un petit bateau élégant, avec une coque rouge et un toit de la même couleur au-dessus de la cabine. Devant elle, des casiers à homards étaient empilés, et elle semblait occupée à fixer des goulets sur certains d'entre eux. Elle portait des bottes en caoutchouc, un pantalon en ciré et un sweat-shirt gris. Sa queue de cheval sortait à l'arrière de sa casquette des Red Sox.

— Salut, Tante Martha ! lança Bobby avec un geste de la main.

— Salut, les gosses ! répondit-elle.

Tante Martha, rondelette et bourrue, était la présidente de la coopérative des pêcheurs du port et passait beaucoup de temps à parler du développement durable ou de la modernisation de l'industrie. Elle posa ses outils sur le casier le plus proche et vint à leur rencontre.

— J'étais justement au téléphone avec ta mère il y a quelques instants, Emily.

Ce n'était pas franchement une surprise…

— Vous êtes censée garder un œil sur nous, c'est ça ? devina Emily.

Tante Martha hocha la tête.

— Gagné ! Je lui ai dit que je te raccompagnerai chez toi à temps pour le dîner, sauf si j'étais obligée de vous emmener aux urgences pour vous faire recoudre tous les doigts.

Oh ! non…

— Est-ce que ma mère a ri ? demanda Emily.

— Non, avoua Martha avec un air faussement étonné. Pas même un gloussement.

Puis, se tournant vers Bobby :

— Quel est le programme aujourd'hui, capitaine ?

— Rabotage et ponçage.

— Pas de scies, machettes, haches, lance-roquettes, liquides inflammables ou autre matériau dangereux ?

Bobby eut un petit sourire et secoua la tête.

— Zéro !

— Parfait. Si vous avez besoin d'aide, vous n'avez qu'à crier.

Elle donna une tape affectueuse sur la croupe de Zack et lui dit :

— Si ces deux-là se chicanent pour une raison ou une autre et se découpent en petits morceaux, tu viens me chercher, moussaillon !

Emily éclata de rire et s'imagina embarquée dans un féroce combat à l'épée avec Bobby. Cette image dut apparaître dans le cerveau de Zack car il se retourna aussitôt et regarda sa maîtresse d'un air paniqué.

Oups ! Elle chassa immédiatement cette pensée et la remplaça par un gentil duel théâtral, où Bobby et elle affichaient de grands sourires tandis qu'ils sortaient de leurs fourreaux des épées en plastique.

Zack parut soulagé. C'en était presque drôle !

Elle se rendit soudain compte que Bobby les regardait attentivement et sentit le rouge lui monter aux joues.

— Euh… désolée…

— Est-ce que tu étais en train de… lui parler ? demanda-t-il.

— Je ne fais pas exprès. Ça arrive comme ça, de temps en temps.

Il hocha la tête, compréhensif, et ouvrit la grande porte du hangar de la famille Percival.

Son bateau n'était encore qu'un méli-mélo de morceaux de bois, de croquis et de maquettes en balsa qu'il réalisait pour tester différents modèles ou designs. Emily avait aussi dessiné des dizaines de barques, de canots et de yoles, que Bobby étudiait au fur et à mesure. Il faisait ensuite des suggestions et elle recommençait son dessin jusqu'à obtenir un résultat qui leur convienne à tous les deux.

Le père de Bobby lui avait fabriqué un établi avec une ancienne porte en bois fixée sur trois tréteaux. L'ensemble était très stable. Comme Bobby était du genre prudent, il avait le droit d'utiliser les vieux outils de son grand-père.

Le garçon avait finalement opté pour un skiff, un canot de douze pieds qui comporterait trois banquettes. Il pourrait le faire marcher avec un moteur, ou même avec une voile s'il décidait d'ajouter un mât. Pour la construction, il utilisait un contreplaqué spécial bateau et, au lieu de se servir d'une résine chimique, il avait décidé de vernir la coque à l'ancienne.

Pour l'instant, seules cinq lattes de bois recourbées vers l'avant étaient assemblées. Elles étaient posées perpendiculairement à l'établi et reliées à un long morceau de contreplaqué qui servait de moule pour la quille.

Emily n'avait pas encore bien saisi toutes les étapes de la construction. Elle aperçut deux panneaux de bois, longs et courbés, appuyés contre le mur. Ils n'étaient pas là la dernière fois qu'elle était passée donner un coup de main.

— Ça va être l'arrière du bateau, ça ? demanda-t-elle.

Bobby acquiesça.

— Ouaip ! Papa m'a emmené chez Kurt le week-end dernier et il m'a laissé me servir de sa scie sauteuse pour les découper.

Kurt travaillait avec le père de Bobby sur son bateau.

Bobby fronça les sourcils en examinant le coin d'une planche, un peu abîmé.

— Celui-là, je l'ai un peu loupé... Mais Papa m'a dit que si je le taillais en biseau après, ça devrait le faire.

Comme il faisait beau, ils sortirent l'établi afin de travailler dehors. Zachary les observait avec intérêt.

— Alors ? demanda Emily. Qu'est-ce qu'on fait aujourd'hui ?

— Je vais passer le rabot sur les bandes de soutien. Ensuite, tu pourras les poncer pour qu'elles soient bien lisses, si tu veux.

— D'accord.

Ils avaient tous les deux promis à leurs parents de porter un équipement de protection pour leurs travaux. La mère d'Emily les leur avait offerts, emballés dans une belle boîte cadeau. C'était sa contribution au projet. Ils enfilèrent les masques et les gants de travail, et mirent les lunettes de sécurité.

— J'ai l'impression qu'on va travailler dans une centrale nucléaire, pas sur du vieux bois, s'exclama Bobby, la voix étouffée par le masque.

Même si c'était un peu dingue, Emily, elle, aimait être ainsi équipée ; comme si cela faisait partie d'un rituel de travail. Elle avait aussi apporté une grande serviette, qu'elle étala sur l'herbe pour que Zack puisse s'installer confortablement. Et comme c'était le meilleur chien du monde, il accepta les lunettes de sécurité qu'Emily lui colla sur le museau.

Poncer pouvait parfois être ennuyeux, mais Emily aimait bien sentir le bois lisse sous ses doigts. Et c'était agréable d'être dehors au soleil.

— Il ne flottera jamais ! cria quelqu'un.

C'était Larry, le grand frère de Bobby, qui faisait son jogging sur la route devant eux. Star de l'équipe de lacrosse du collège, il courait et s'entraînait chaque jour, qu'il pleuve ou qu'il vente.

— Ah ouais ? lança Bobby. Ça tombe bien, tu monteras jamais dessus !

Larry éclata de rire et poursuivit son chemin.

— Je te garantis qu'il flottera, ajouta Bobby, vexé, lorsque son frère eut disparu. J'ai pas raison ?

Emily hocha la tête.

— Absolument ! Il sera parfait.

Bobby opina du chef à son tour, mais il paraissait soudain moins confiant.

Pendant qu'ils travaillaient, ils ne parlaient pas beaucoup, en dehors de quelques remarques sur le collège. Pour s'amuser, ils essayèrent de poser les planches du fond du bateau et Bobby brandit le poing avec un cri de victoire quand ils virent que tout s'assemblait parfaitement.

— Avant de les vernir, tu devrais peut-être attendre que ton père vérifie que c'est bon ?

Bobby réfléchit un instant.

— T'as raison. Mais ça a l'air bien, non ?

Sublime, oui !

Emily était convaincue que, très bientôt, le bateau flotterait.

Chapitre 7

Vers 18 h 30, Tante Martha les raccompagna chez eux. Par miracle, ils avaient tous leurs doigts et les pattes de Zack étaient intactes.

Emily retrouva sa mère dans la cuisine. Elle regardait les nouvelles à la télévision en épluchant des épis de maïs.

— Tu t'es bien amusée ? lui demanda-t-elle.

— Ouais, c'était super ! Je pense qu'on va bientôt poser le fond. Ensuite on s'occupera des côtés.

Avec un sourire, elle leva ses mains en l'air et ajouta :

— Regarde mes jolis doigts !

— Ce n'est pas drôle, répliqua sa mère.

Ça l'était, pourtant. Mais elle n'allait pas en rajouter.

— Je suis sûre que Bobby s'est tartiné les mains de ketchup et est rentré chez lui en hurlant, dit Joanne.

— À moins qu'il ait pris du sirop d'érable et ajouté un colorant rouge pour faire plus vrai, rit Emily.

Sa mère haussa les sourcils.

— On peut savoir comment tu connais cette recette spéciale ?

— Halloween, il y a deux ans, confia-t-elle. Quand Karen s'était transformée en vampire.

Sa mère plissa le front quelques secondes puis hocha la tête.

— Ah ! je me souviens. Les taches ne sont jamais parties, n'est-ce pas ?

— Jamais. On a même essayé de teindre la chemise en rouge avec Grand-mère, mais ça n'a pas marché. On voyait encore le faux sang.

La grand-mère de Karen vivait sur une petite île non loin de là, et passait son temps à peindre des paysages. Lorsqu'elle venait voir sa famille, elle organisait toujours ce genre d'activités pour Karen et Emily : de la teinture, du batik, du macramé... Elle avait de très longs cheveux gris qu'elle tressait en une natte qui lui descendait jusqu'en bas du dos, et portait des sandales en cuir été comme hiver. Pour Emily, elle était une *vraie* hippie – un truc vraiment cool.

Au dîner, il y avait du poulet rôti – du tofu grillé sauce teriyaki pour Emily –, des pommes de terre à la vapeur, des épis de maïs et une grande salade. En dessert : sorbet au yaourt avec des myrtilles sauvages.

Comme sa mère avait cuisiné, son père débarrassa la table et fit la vaisselle. Emily l'aida en jetant les restes et en essuyant les plats qui n'allaient pas au lave-vaisselle. Assise sur la table, Josephine observait leurs allées et venues d'un air hautain, pendant que Zachary reniflait dans tous les coins à la recherche d'un bout de nourriture qui aurait survécu au ménage.

— Parfait ! s'exclama Theo une fois la cuisine propre. Qu'est-ce qu'on fait, ce soir ? Un film, ou le match des Red Sox ?

Emily réfléchit à la question. Il était 20 heures passées, la partie devait être déjà bien avancée.

— Ça dépend où en est le score…

— Bien vu, répondit son père.

Ils entrèrent dans le salon, où Joanne était en train de classer des papiers sur le bureau ancien, dans un coin de la pièce. Zachary et Josephine les suivirent tous les deux ; Zack se coucha sur le tapis tandis que Mademoiselle Paresseuse s'étalait de tout son long sur le canapé, ne laissant plus de place pour quiconque. Malgré sa petite taille, la chatte savait occuper l'espace.

Theo alluma la télévision. Huit à zéro... Les Red Sox perdaient.

— Ça, c'est fait, conclut-il en branchant le lecteur de DVD. Ça aide à se décider, au moins.

Les Feingold eurent un court débat avant d'opter pour *Ghostbusters*, un film qui rappelait beaucoup New York à Theo.

À la fin, Joanne remit le match de base-ball. Les Red Sox menaient dix à huit. Mais après un magnifique lancer, l'équipe adverse reprit l'avantage.

— Eh bien, tant pis, lâcha la mère d'Emily en éteignant la télévision.

Une chose était sûre : ils avaient fait le bon choix en regardant un film plutôt que le base-ball.

Le lendemain matin, Emily et sa mère emmenèrent Zachary chez le vétérinaire pour une visite de contrôle et des rappels de vaccins. Lorsqu'elle avait trouvé son chien, il était blessé et avait une pneumonie ; elle devait donc s'assurer régulièrement de sa bonne santé. Emily voulait devenir vétérinaire, plus tard. Quand Zachary avait passé quelques jours à la clinique, le personnel avait été très gentil avec elle, répondant à toutes ses questions et l'autorisant à rester pour regarder. Elle espérait pouvoir y travailler quelques heures par semaine, après les cours, quand elle serait plus grande.

Une fois sur place, un des assistants installa Zack sur une balance spécial animaux. Il n'était pas gros du tout, mais comme il était très grand, il pesait déjà quarante-cinq kilos. Emily n'avait pas la moindre idée de ce que devait être son poids idéal, elle était juste contente qu'on ne voie plus ses côtes.

Ils attendirent cinq minutes dans la salle d'examen, puis leur vétérinaire entra, un sourire aux lèvres.

— Alors, comment va mon copain l'intrépide, aujourd'hui ? demanda le docteur K. après avoir salué Emily et sa mère.

Son vrai nom était Kasanofsky, mais tout le monde l'appelait docteur K.

— Sacré article, dans le journal de cette semaine, ajouta-t-il.

La photo aussi était super. M. et Mme Henrik avaient donné de longs entretiens plein d'éloges. Le père d'Emily avait rapporté quelques exemplaires du journal à la maison pour qu'elle puisse les conserver.

— Le plus important, c'est qu'il a l'air heureux, répondit-elle.

— Ça, c'est évident ! confirma le docteur K. en caressant la tête de Zack.

Zack n'aimait pas tellement être sur la table d'examen – d'après Emily, il avait le vertige –, mais il resta sagement debout pendant que le vétérinaire l'auscultait.

— Tout m'a l'air parfait, conclut le vétérinaire après avoir écouté le cœur de Zack avec son stéthoscope. Comment va son appétit ?

— Il n'arrête pas de manger ! répondit Joanne sur un ton moqueur.

— Je vais mettre « solide », alors, annonça le docteur K. en pianotant sur le clavier de son ordinateur. Sinon, avez-vous remarqué quoi que ce soit d'anormal ?

Emily fut tentée de répondre : « Oui, il lit dans mes pensées et communique avec moi », mais elle se retint. Elle devait pourtant avoir ouvert la bouche, car le vétérinaire et sa mère la fixaient.

— Qu'est-ce que tu as observé, Emily ? questionna le docteur K.

— Ben..., commença-t-elle en réfléchissant à comment rendre la chose moins bizarre. On a beau être sûrs de l'avoir enfermé dans la maison, il vient souvent me voir à l'école.

— Peut-être qu'il fait de la magie, commenta le docteur K. Ou peut-être qu'il vole ?

Il la taquinait, bien sûr. Emily eut un rire nerveux.

— Un de mes collègues m'a suggéré de le mettre dans une cage pendant la journée, avoua Joanne. Mais ça ne me plaît pas, cette idée. Surtout pour un chien aussi grand.

Emily non plus n'était pas d'accord. Et puis quoi encore ! Elle laissa ses pensées vagabonder tandis que sa mère et le docteur K. réfléchissaient à une solution. Bien sûr que Zack ne savait pas voler ! Quoique… Avec lui, tout était possible !

Zack remua la queue et la fixa de ses yeux marron. Comme s'il voulait lui dire quelque chose. Elle eut beau faire des efforts, elle ne parvint pas à capter d'image. N'était-elle pas assez concentrée ? Elle essaya de nouveau. En vain.

Une douleur se déclencha dans son bras gauche et elle se frotta d'un geste automatique. Mais la douleur s'intensifia, entre le poignet et le coude. Pourtant, elle n'avait pas souvenir d'avoir fait quoi que ce soit qui… Ah ! mais bien sûr !

— Aussi, je pense que Zack a toujours mal à sa patte. Est-ce que ça peut être de l'arthrite ?

Le docteur K. se pencha pour examiner Zack.

— Pas d'arthrite. Il est jeune, et ça ne peut pas venir soudainement. Est-ce que tu l'as vu boiter ?

— Non, répondit Emily en secouant la tête. Mais parfois, il est gêné. Enfin, il a l'air, en tout cas. Comme si ça lui faisait mal, là.

Elle montra un endroit sur son propre bras.

Le vétérinaire prescrivit finalement un médicament antidouleur à lui donner deux fois par jour.

— Je suis impressionné par ta capacité d'écoute envers ton chien, Emily, déclara-t-il en lui tendant la feuille.

Ça, c'était le moins qu'on puisse dire.

— Merci, dit-elle, un peu mal à l'aise.

L'après-midi, Joanne se rendit à une réunion de son club de kayak, tandis qu'Emily et son père allaient nager à la piscine de l'université. Ou plutôt, Emily nagea pendant que son père, assis sur un banc, lisait un livre.

Le week-end fut calme et reposant. Le dimanche, ils partirent pour Portland, où ils déjeunèrent et visitèrent le musée. Ils passèrent un long moment devant les œuvres de deux nouvelles expositions : les paysages d'un peintre de la région et des photos que son père trouva magnifiques.

Le soir, après le dîner, Emily s'installa à la table de la cuisine pour finir ses devoirs.

Elle résolut toutes les équations de maths, se fit interroger par son père sur le vocabulaire en espagnol et répondit aux six questions de SVT. Elle monta ensuite dans sa chambre et traîna sur Internet pendant un moment pour lire ses mails, poster des photos et regarder des vidéos marrantes que ses amis lui avaient envoyées.

— Est-ce qu'il y a des scènes choquantes ? demanda soudain son père, debout dans l'encadrement de la porte.

Elle se retourna, gênée, même s'il ne s'agissait que de vidéos comiques – du genre de celles où on voit des gens recevoir une tarte à la crème les uns après les autres.

— Non. Juste des trucs idiots que Ronald et Harriet m'ont envoyés.

Ronald était son cousin et Harriet, une amie du collège.

— Ça n'a pas l'air bien méchant, admit son père.

Il se pencha pour caresser Josephine. Elle se réveilla et bondit sur le rebord de la fenêtre comme s'il venait de l'agresser.

— Je ne comprendrai jamais les chats, soupira-t-il.

— Elle aime bien en rajouter.

— Ça, c'est sûr ! approuva Theo. Tu veux venir manger un peu de glace avant d'aller dormir ?

Sans hésiter une seconde, Emily quitta le site Internet auquel elle était connectée.

— Et comment !

Chapitre 8

Zachary se montra très intéressé quand il comprit qu'ils descendaient à la cuisine – de loin sa pièce préférée. C'était l'heure de son médicament antidouleur. Emily l'écrasa avant de le verser dans un petit bol de glace à la vanille. Le labrador engloutit le tout en moins de deux secondes sans même remarquer la présence du comprimé.

Emily avait envie d'une glace beurre de cacahuètes-double caramel. Son père choisit la première qui lui tomba sous la main et sa mère se servit une minuscule portion de glace allégée au yaourt. Elle avait beau prétendre se moquer des calories, ça n'était pas vrai.

Zack s'était endormi sur le sofa près de la porte arrière et son rêve semblait peuplé de morceaux de viande rouge. Beurk ! L'image était passée devant les yeux d'Emily ! La seule façon de se débarrasser de ces images dégoûtantes était de parler d'autre chose.

— Est-ce que je dois faire attention à ne pas manger trop de glace pour ne pas grossir ? demanda-t-elle.

— En grandissant, ton métabolisme va changer, et c'est bien d'anticiper la…

Sa mère s'interrompit et fronça les sourcils.

— Non, reprit-elle. Absolument pas. Tu n'as pas du tout à t'inquiéter pour ça.

Emily éclata de rire : c'était exactement le genre de réponse prudente à laquelle elle s'attendait.

— Je pense que tu viens de piéger ta mère, Em, commenta son père sur un ton amusé.

Emily hocha la tête, très contente d'elle.

— Mon séminaire ne finit pas avant 17 heures, demain, annonça Theo. Et ta mère a une réunion tout l'après-midi.

Concentrée sur sa glace, Emily haussa les épaules.

— D'accord.

Elle avait failli ajouter : « Et alors ? », mais les ennuis auraient immédiatement démarré.

— Nous devons trouver une solution pour que tu ailles toute seule au campus de l'université. Ensuite, tu pourras rester dans mon bureau ou aller dans la salle des profs pour faire tes devoirs.

Sérieux ? ils remettaient ça sur le tapis ? Elle commençait à en avoir assez. Elle posa sa cuillère.

— Je ne comprends toujours pas pourquoi je ne peux pas juste rentrer à la maison.

Sa mère poussa un soupir.

— On a déjà parlé de ça, Emily. Nous ne voulons pas que tu restes seule ici après l'école.

À son entrée en maternelle, les parents d'Emily avaient engagé une femme – Emily n'aimait pas l'appeler « baby-sitter », car elle n'était plus un bébé à ce moment-là. C'était une secrétaire à la retraite qui s'appelait Mme Murphy et était très gentille. Elle venait chercher Emily tous les jours à l'école, passait l'après-midi avec elle et, la plupart du temps, la faisait aussi dîner.

Emily s'était imaginé que Mme Murphy venait uniquement parce qu'elle l'aimait. Le jour où elle avait appris que ses parents la payaient pour ça, ça avait été un vrai choc. Même si elle s'occupait très bien d'elle, l'idée lui était quand même très désagréable.

Puis, l'été dernier, Mme Murphy et son mari avaient décidé de s'installer en Arizona, où, d'après les cartes postales qu'elle lui envoyait, Mme Murphy passait son temps à jouer au golf.

— Je vous rappelle que je vais avoir douze ans dans huit jours, répliqua Emily. Je n'ai plus besoin de baby-sitter.

— Je suis désolée, mais ton père et moi ne serons pas tranquilles de te savoir seule ici, intervint sa mère.

— Mais je ne serai pas seule ! précisa Emily. Zack et Josephine me tiendront compagnie.

Zack remua la queue en entendant son nom tandis que Josephine profitait de la situation pour sauter sur la table et lécher le fond du bol d'Emily.

— Ce sont tous les deux des animaux formidables, reconnut Theo. Mais je ne me sens pas de leur confier cette responsabilité tant que l'un des deux n'a pas son permis de conduire.

Emily n'était pas d'humeur à rire.

— Tous les autres parents laissent leurs enfants seuls après l'école.

Ce n'était peut-être pas complètement vrai… mais il était trop tard pour faire marche arrière.

— Je suis la *seule* à être encore traitée comme un bébé. Alors que je suis au collège !

— Ce que font les autres ne nous intéresse pas, rétorqua son père.

Elle aurait dû s'y attendre.

— C'est toi qui nous intéresses, ajouta-t-il.

— Ce n'est pas comme si j'allais faire des bêtises ! Ça passera très vite. J'aurai à peine le temps de faire mes devoirs.

Sa mère regarda sa montre.

— Je me demande s'il est trop tard pour appeler la mère de Karen. Peut-être que tu peux passer l'après-midi chez eux ?

Emily adorait aller chez Karen. Mais là n'était pas la question.

— Elle va chez l'orthodontiste, demain.

— Ah..., soupira sa mère. Bon, peut-être...

— Et pourquoi est-ce que Bobby ne viendrait pas ici jusqu'à votre retour ? suggéra Emily.

— Non. Pas quand ton père et moi ne sommes pas là.

Elle s'était toujours imaginé qu'une fois au collège elle aurait plus de liberté. Mais plus elle grandissait, plus ses parents se montraient protecteurs.

— Je vois pas où est le problème, insista Emily. On descendra au port pour travailler sur le bateau, c'est tout.

— Je ne suis pas vraiment d'accord avec ça non plus, Emily, poursuivit Joanne. Je ne pense pas que ce soit une atmosphère très saine pour toi.

Les pêcheurs avaient parfois un vocabulaire un peu… cru. Mais si la tante de Bobby ou un autre membre de sa famille les entendaient jurer devant les enfants, ils les remettaient rapidement dans le droit chemin.

Emily se renfrogna.

— Si je comprends bien, ça ne posait pas de problème que je sois là-bas vendredi, pendant que Papa faisait une sieste, mais demain, ça n'est pas possible ?

Sa mère eut l'air soudain très fatiguée.

— Est-ce qu'on va devoir se disputer comme ça tous les soirs jusqu'à la fin de l'année scolaire ?

En effet, l'épuisement pointait dans sa voix.

— Je crois bien, répondit Emily.

Sa mère repoussa son bol de glace, auquel elle n'avait presque pas touché.

— Emily, nous voulons que tu viennes à l'université demain après les cours, trancha-t-elle. C'est clair ? J'appellerai le collège dans la matinée pour leur dire que tu dois prendre le bus qui va au campus.

Si elle était maligne, Emily se contenterait de laisser le sujet de côté pour l'instant. Et de revenir à la charge une autre fois. Mais elle en avait assez que ses arguments ne soient *jamais* entendus.

À son tour, elle posa sa cuillère sur la table.

— Donc vous êtes en train de me dire que vous n'avez pas confiance en moi. Je vous appelle *toujours* pour vous dire où je suis. En plus, Zack sera tout le temps avec moi. Est-ce que j'ai déjà fait des grosses bêtises ?

En entendant son nom, Zack se leva et vint près d'elle. Emily le caressa d'un air distrait. Mais Zack, sentant sa colère, posa sa tête sur sa cuisse et la regarda d'un air inquiet.

— Ça n'est pas qu'on ne te fait pas confiance, intervint son père. C'est juste qu'on ne peut pas s'empêcher d'être inquiets.

Emily les dévisagea en plissant le front.

— Vous pensez que j'ai hérité de mauvais… gènes, c'est ça ?

Ses parents baissèrent les yeux, embarrassés.

— Si ma mère était irresponsable et qu'elle m'a abandonnée, peut-être que je suis pareille, c'est ça ?

Joanne s'apprêta à dire quelque chose, puis s'interrompit et secoua la tête.

— Premièrement : non, nous ne le pensons pas. Deuxièmement : je trouve au contraire que ta mère a fait preuve de maturité en prenant cette décision, car elle savait qu'elle ne pourrait pas s'occuper de toi. C'est admirable.

Peut-être. Mais là où elle avait été moins admirable, c'était de ne pas avoir eu le courage de se manifester ensuite – aucun appel, aucune lettre, pas une seule carte pour ses anniversaires. Peut-être que cette année serait différente et qu'Emily trouverait une enveloppe dans la boîte aux lettres ? Elle en doutait.

Aucun des Feingold n'aimait aborder ce sujet. La plupart du temps, ils l'évitaient.

— C'est toujours plus dur quand ton anniversaire approche, lâcha sa mère de manière inattendue.

Oui. Sûr et certain.

Emily hocha la tête. Sa mère la prit dans ses bras et la serra contre elle.

Emily se retint de demander à ses parents s'ils pensaient qu'elle recevrait une carte, cette fois. Ils ne le savaient pas mieux qu'elle.

— Quand est-ce que je serai assez grande pour rester seule sans que vous vous inquiétiez ?

— Quand tu auras cent soixante-douze ans, peut-être ? déclara Theo.

Il sourit avant d'ajouter :

— Plus que cent soixante ans à attendre, donc.

— Quand tu auras treize ans, jusqu'à un certain point, suggéra plus sérieusement sa mère après avoir réfléchi un instant. Et, bien sûr, ça changera quand tu seras au lycée.

Au moins, c'était précis. Même si ça semblait un peu arbitraire. Quelle différence cela faisait-il d'avoir douze ou treize ans ?

Il commençait à être tard, elle décida donc de se montrer plus conciliante.

— D'accord, accepta-t-elle. Est-ce que je peux avoir encore un peu de glace ?

Ses parents parurent tous deux très soulagés.

— Bien sûr ! lança son père en ouvrant le congélateur.

Alors qu'elle s'apprêtait à se coucher, elle trouva Zack endormi sur sa couette, la tête posée sur l'oreiller. Trop mignon ! Elle eut un petit rire attendri qui le réveilla.

— Tu m'as l'air bien, là. Mais où est-ce que je vais dormir, moi ?

Il remua la queue, sans bouger.

Josephine, elle, faisait sa toilette sur le rebord de la fenêtre. Avant même qu'Emily n'ait le temps de demander à Zack de se déplacer, la chatte avait sauté sur le lit et atterri sur la tête du chien.

Zack bondit sur ses pattes, paniqué. Josephine cracha, pour la forme, avant de s'allonger à son tour sur l'oreiller. Au moins, cela laissait davantage d'espace à Emily.

Elle se glissa sous la couette et Zack s'installa au bout du lit. Comme la chatte ne semblait pas décidée à bouger, Emily, sans réfléchir, lui envoya mentalement une image d'elle se levant et choisissant une autre place. Aussitôt, Zack se redressa et chercha du regard un autre endroit où se mettre.

— Non, Zack, pas toi ! réagit Emily. Tu es très bien, là.

Il pencha la tête en la fixant d'un air perdu.

— Je voudrais que Josephine se déplace pour pouvoir moi aussi me coucher, expliqua-t-elle.

Mais Zack ne parut entendre que les mots « se déplace » : il sauta au bas du lit.

Bon. Une chose à la fois. Cette histoire de communication avec les animaux était parfois compliquée à gérer. Emily n'avait jamais eu l'impression de pouvoir s'adresser à Josephine par télépathie, mais ça valait peut-être le coup d'essayer ?

Elle se concentra au maximum pour créer une image de Josephine en train de se lever et de s'étirer tranquillement, avant de s'allonger un peu plus loin sur le lit.

Aucune réaction.

Elle essaya une nouvelle fois. Josephine se contenta de la fixer tandis que le bout de sa queue remuait légèrement.

— Tu sais très bien à quoi je pense, n'est-ce pas ? remarqua Emily. Tu n'as juste pas envie de bouger.

Josephine continua de l'observer sans broncher. Mais une petite leur malicieuse semblait s'être allumée dans ses yeux.

Bien sûr ! C'était typiquement une réponse de chat. Josephine ne voudrait jamais partager ses pensées avec sa maîtresse car elle tenait à son intimité.

Heureusement, Emily avait encore une solution pour récupérer son oreiller. Josephine ne pesait que quatre kilos. Elle se pencha donc et la souleva. La chatte miaula mais ne se défendit pas plus que ça. Emily la reposa un peu plus loin sur la couette. Pour montrer à quel point elle jugeait cette action irrespectueuse, Josephine tourna le dos à sa maîtresse et commença sa toilette.

Zack, quant à lui, était resté à la même place, au milieu de la pièce, et semblait indécis. Emily tapota le bout du lit avec sa main.

— Viens là, mon Zack.

Une fois ses deux compagnons installés, Emily attrapa son livre sur la table de nuit. Elle venait de commencer un nouveau chapitre lorsqu'elle eut une vision précise et plutôt étrange : elle mordait l'oreille de Zack, puis dévorait sa patte, avec beaucoup d'enthousiasme.

Clairement, il ne s'agissait pas de ses pensées à elle. Elle baissa son livre et vit Josephine, étendue sur le côté, qui ronronnait joyeusement en la regardant.

— Très drôle, marmonna Emily.

Josephine ronronna de plus belle. Puis elle s'endormit, et l'image disparut des pensées d'Emily.

Ce soir, la jeune fille avait appris une chose : elle préférait ne pas savoir à quoi pensait Josephine.

Chapitre 9

Une tempête était annoncée. On l'appelait « ouragan Maria », « cyclone », ou encore « dépression tropicale », et elle devait se déclencher à des milliers de kilomètres de là, dans l'océan Atlantique. Elle atteindrait le Nord quelques jours plus tard.

La plupart des habitants de Bailey's Creek réagissaient à peine en entendant cette annonce. Chaque fois qu'il y avait une tempête, dans les Bermudes ou ailleurs, les météorologistes de la Nouvelle-Angleterre semblaient convaincus que la région était gravement menacée. Cette fois encore, les spécialistes prédisaient des conséquences épouvantables.

Mais Emily n'était pas inquiète. Comme d'habitude, le temps que la tempête atteigne la côte, elle ne serait plus qu'un petit orage qui ferait tomber quelques branches, rien de plus.

Ainsi, le mardi matin, tandis qu'elle préparait le petit déjeuner avec ses parents, les spécialistes météo de la télé annoncèrent pour la millième fois « l'ouragan du siècle ».

— Mince ! s'exclama Emily. Ça n'a pas l'air génial pour samedi.

D'après les informations, il était prévu que la tempête arrive dans le coin pile le jour de son anniversaire et sévisse durant tout le week-end.

Son père haussa les épaules.

— Depuis quand ils ont raison ? À tous les coups, il va faire beau.

Si seulement ! Douze ans était un âge important, et ils avaient longuement discuté pour trouver quelque chose de spécial à faire ce jour-là. Elle avait d'abord pensé au parc aquatique, près de la plage d'Old Orchard, mais la saison était terminée et il était déjà fermé. En second choix, elle avait songé à une randonnée à cheval dans la montagne. Mais ses grands-parents avaient prévu de venir en avion de New York et, le moins qu'on puisse dire, c'est que la nature n'était pas leur passion. À côté d'eux, son père, c'était Robinson Crusoé ! Joanne lui avait promis qu'elles iraient toutes les deux un prochain week-end, sûrement avec Bobby et Florence, une copine excellente cavalière.

Finalement, elle choisit une excursion dans la baie de Casco avec ses parents, ses grands-parents, ainsi qu'une dizaine d'amis à elle. Ils avaient de bonnes chances de voir des baleines, des tortues de mer, des requins et peut-être même des dauphins – génial ! Après, ils pique-niqueraient sur une île de la baie. Et, au coucher du soleil, ils prendraient le bateau pour retourner à Portland.

— S'il pleut samedi, on peut faire une fête à la maison et reporter l'expédition des baleines au week-end suivant.

Emily acquiesça. Après tout, le plus important était de passer son anniversaire avec ses amis. Quel que soit l'endroit.

En arrivant à l'arrêt de bus, elle aperçut le gang des habitués assis à la table en train de boire des cafés et de discuter de l'ouragan. Le groupe de ce jour était composé de Mme Washburn, M. Bolduc, Mme Parsons et Mlle Benoit, considérée comme la meilleure mécanicienne de la ville.

— Il y a d'excellents beignets, Emily, lança M. Bolduc. Tu en veux un ?

Et comment ! Les beignets au maïs de M. Bolduc étaient réputés dans tout le voisinage.

— Avec plaisir, merci, répondit Emily.

Elle prit avec gourmandise le beignet encore tiède qu'on lui tendait, enveloppé dans une serviette en papier. Elle en avait déjà mangé la moitié lorsqu'elle vit Bobby arriver à pas lents, les cheveux en bataille et l'air endormi.

— 'jour, marmonna-t-il.

Tout le monde lui fit un petit signe de la main.

— Tiens, proposa M. Bolduc. Apporte-lui un beignet.

Incroyable ! Même les adultes avaient peur de fâcher Cyril.

La ligne qu'avait tracée le vieux propriétaire pour délimiter son terrain s'était effacée. Bobby prit un bout de bois et en dessina une nouvelle.

— Tu as intérêt à être sûr que c'est le bon endroit, glissa Emily.

Bobby eut l'air inquiet.

— Je plaisante, dit-elle en lui tendant son beignet.

Dans le bus, tous les élèves parlaient de l'ouragan : avec un peu de chance, l'école serait fermée. Mais pour cela, il fallait que la météo soit vraiment épouvantable : électricité coupée, routes inondées, voire immeubles effondrés.

Leurs professeurs, eux aussi, avaient été contaminés par le virus ouragan. Tous leurs cours et leurs devoirs portaient sur ce thème. Le prof d'histoire se lança dans un récit sur l'impact économique que pouvait avoir un cyclone sur une ville côtière, ce qui faillit endormir la plupart des élèves.

La prof de littérature leur fit rédiger des haïkus sur les tempêtes. Après avoir passé cinq bonnes minutes à se creuser la tête, Emily finit par écrire :

Par un vent trop fort
Devrons-nous tous nous cacher ?
Jusqu'à son départ ?

— C'est très joli, Emily, la félicita Mme Ledoux.

Sûrement par politesse.

Après que Karen eut lu le sien – qui commençait par « Les ombres s'allongent » –, Mme Ledoux avait hoché la tête un bon moment en répétant : « Ah oui ! C'est très évocateur ! »

Bobby, lui, détestait écrire. Pourtant, toute la classe rit quand il lut son poème à voix haute :

Un orage surgit
Volez, mouettes ! Sauvez vos vies !
Volez ! Sauvez-vous !

Le prof de SVT leur distribua la carte de l'océan Atlantique et ils passèrent presque toute l'heure à pointer la progression de l'ouragan en dessinant des repères sur leur feuille.

— N'est-ce pas incroyable ? s'exclama-t-il, euphorique. En fait, vous allez avoir un cours en direct !

Durant le dernier quart d'heure, ils durent deviner la trajectoire de l'ouragan et les conséquences sur les zones touchées.

Assis derrière Emily, Mikey imagina que tous les États du littoral atlantique étaient dévastés par des inondations massives. L'ouragan de Bobby, lui, allait si loin dans les terres que la quasi-totalité de l'est du pays était détruite. Il avait placé plein de symboles ressemblant à de petites explosions. Pour Scott, la Floride et la Georgie deviendraient inhabitables ; seules survivraient des meutes de loups sauvages.

La salle de classe ressembla soudain à un terrain de jeux : c'était à qui dessinerait la pire catastrophe.

Même si c'était drôle, Emily, elle, n'avait aucune envie de les imiter.

Elle crayonna un ouragan qui tournoyait comme un patineur près du littoral, reprenait des forces en mer, revenait caresser la côte puis perdait toute sa puissance avant d'atteindre Bailey's Creek. Pas de blessé, aucun immeuble ni bateau endommagé.

En cours d'arts plastiques, M. Reed leur demanda de « dessiner le vent », ce qui plongea les élèves dans un état de panique.

— Est-ce qu'on peut juste faire le souffle ? demanda Karen.

— Ou lâcher un vent ? suggéra Mikey, et tout le monde éclata de rire.

M. Reed agita ses mains dans l'air pour représenter le vent – ou simplement des oiseaux.

— Servez-vous de votre imagination, les enfants. J'ai confiance en vous.

Penchés sur leur feuille blanche, crayon à la main, la plupart des élèves poussaient des soupirs ou grommelaient d'un air sombre. Mais pas Emily, qui trouvait la consigne très intéressante. Il était question de mouvement. D'énergie. D'action.

Tout ce qu'elle aimait !

Elle se mit à crayonner si vite que de nombreuses têtes se tournèrent vers elle.

— Évidemment, pour Emily c'est facile, lança quelqu'un sur un ton énervé. Mais nous ?

— Amusez-vous, c'est tout, conseilla M. Reed.

Au fond, Emily adorait être considérée comme la meilleure artiste de sa classe. Mais elle ne l'avouerait jamais. Pas même à ses plus proches amis. Pendant quelques minutes, elle se fit plus discrète.

Jusqu'à ce qu'elle oublie de nouveau ce qui l'entourait et reparte de plus belle.

Elle dessina un arbre qui pliait, une dame raffinée dont le parapluie était retourné et un petit garçon soulevé dans les airs qui semblait ébahi par ce qui lui arrivait. Alors qu'elle esquissait un homme levant le bras pour rattraper son chapeau, elle se retrouva, sans même savoir comment, en train de tracer les contours d'une fenêtre au milieu de sa feuille.

Avec stupéfaction, elle contempla cette fenêtre entrouverte. Pourquoi avait-elle dessiné cela ? Ça n'avait rien à voir avec le reste ; la composition de l'ensemble n'avait plus aucun sens.

— Qu'est-ce que tu as ? questionna Karen en voyant son expression.

Emily prit sa gomme.

— Hum… Un délire artistique peut-être ? Ou… je sais pas.

Karen hocha la tête et retourna à l'assemblage de courbes et de flèches pointant dans toutes les directions, qui semblait être sa vision du vent.

Emily gomma la fenêtre. Mais elle eut soudain envie d'en représenter une autre. Et une porte, aussi. Mais pas n'importe laquelle : la porte arrière de sa maison. Elle n'avait peut-être pas dessiné cette fenêtre par hasard, en fin de compte…

Zachary devait être en train de courir partout, cherchant le moyen de sortir de la maison. Et de venir la voir à l'école.

Non seulement elle était capable de lire dans ses pensées, mais elle pouvait même les dessiner, à présent.

Bizarre. Très bizarre.

Mais génial, aussi !

Chapitre 10

Zachary était donc en train d'essayer de s'enfuir. Emily ferma les yeux et s'efforça de visualiser à quel endroit il se trouvait.

Compris. Il grattait à la porte.

Elle lui adressa un « Reste ! » mental très ferme, et le vit s'arrêter et regarder autour de lui d'un air coupable. Comme elle ne voulait pas le blesser, elle songea aussitôt : « Bravo ! Gentil chien ! »

Il remua la queue.

Puis elle se représenta son labrador allongé dans son panier, dormant paisiblement. À peine trente secondes plus tard, elle reçut en retour une image de Zack étendu sur le canapé – ce qui n'était peut-être pas idéal, mais tellement préférable à une fuite dans les rues !

Zut ! Il avait dû intercepter cette image, car elle l'aperçut de nouveau en train de gratter à la porte. Elle se dépêcha de se concentrer sur le canapé, si confortable et si moelleux.

— Pourquoi tu dessines un canapé ? demanda Karen.

Emily baissa les yeux sur sa feuille : son dessin ne ressemblait plus à rien.

— Je… euh… J'ai quelques parasites dans la tête.

Elle ne voulait pas qu'on puisse deviner de quoi elle parlait.

— À cause de qui tu sais, confia-t-elle à voix basse.

Elle attrapa sa gomme et commença à effacer le canapé, même si, vu l'étendue des dégâts, son dessin était irrattrapable. Tout en gommant, elle continua néanmoins à se concentrer sur le sofa en espérant que Zack reçoive bien le message.

Pour le cas où il aurait d'autres envies !

C'était le jour où son père finissait tôt et venait la chercher au collège. Il ramena aussi Bobby. En chemin, ils s'arrêtèrent à l'épicerie pour faire quelques courses.

— Bonjour tout le monde, n'oubliez pas de faire des réserves ! lança Bobby à la cantonade en entrant dans la boutique. Pensez à votre survie !

Emily éclata de rire. Elle remarqua néanmoins que, dans chaque panier, il y avait du lait, des œufs et au moins deux pains : les provisions de base qu'on achetait en prévision de pénuries.

Si ça ne tenait qu'à elle, Emily aurait stocké des kilos de chocolat, de biscuits ou de bonbons. Mais ses parents choisissaient habituellement des trucs sains comme des fruits, des légumes ou du fromage. Les rares fois où sa mère se lâchait, il lui arrivait d'ajouter un paquet de muffins aux myrtilles. Cette fois-ci, Theo avait autorisé sa fille à prendre des céréales sucrées.

Quelques années plus tôt, en plein blizzard, son père avait décidé de leur préparer un chocolat chaud et des tartines avant que l'électricité soit coupée. Tout ça pour qu'ils puissent ensuite se vanter d'avoir profiter d'un excellent goûter tandis que soufflait la tempête. Emily en gardait un délicieux souvenir.

Après avoir déposé Bobby, ils arrivèrent à la maison. Zachary attendait derrière la porte.

— Coucou, mon Zack ! s'exclama Emily en le caressant.

Zack se mit à aboyer et à bondir dans tous les sens. Josephine, elle, se dirigea lentement vers la cuisine en miaulant.

Il leur fallut quelques minutes pour décharger les courses, avec Zack qui courait sans cesse dans leurs jambes. Par curiosité, Emily alla dans le salon et tâta les coussins qui se trouvaient sur le canapé : ils étaient encore chauds. Zack avait suivi son conseil et dormi là tout l'après-midi !

M. Feingold décida de préparer deux plats de chili – l'un avec du bœuf, l'autre végétarien. Il lut les recettes d'au moins six livres de cuisine avant de rassembler les ingrédients dont il aurait besoin.

D'habitude, mieux valait ne pas intervenir quand son père cuisinait. Même s'il était plutôt un bon cuistot, il avait besoin de suivre la recette à la lettre et était perturbé dès qu'un ingrédient manquait et qu'il devait improviser.

Emily s'assit à la table de la cuisine et mangea un yaourt en faisant ses devoirs. Josephine, elle, décida de s'étendre de tout son long sur son livre de maths. Sa maîtresse devait donc soulever tantôt une patte tantôt sa queue pour pouvoir lire l'énoncé des exercices.

— Oh ! non, c'est pas vrai ! lança soudain Theo.

Emily leva les yeux.

— J'ai besoin de deux carottes supplémentaires, d'un oignon et…

Il parcourut les deux autres livres de cuisine étalés devant lui.

— Et de pas mal de choses, en fait.

Emily ne voyait aucun inconvénient à mettre de côté ses exercices de maths pour un moment.

— Tu veux que j'aille chez Cyril ?

— Oui, s'il te plaît, répondit-il en sortant son portefeuille de sa poche. Ça me rendrait vraiment service.

C'était aussi une excellente excuse pour aller promener Zack.

— De quoi as-tu besoin ? demanda-t-elle.

— Attends une seconde, je regarde. Nous n'avons pas de persil frais, seulement du déshydraté. C'est pas génial, non ?

Elle n'était pas experte en cuisine mais cela lui semblait faire l'affaire.

— Je ne sais pas. Cyril doit en avoir.

La supérette avait beau être petite, quand un client demandait quelque chose d'incongru, Cyril, après avoir froncé les sourcils et réfléchi quelques instants, lâchait une phrase du genre : « Regardez dans le meuble tout au fond, sur le troisième rayonnage en partant du bas, à peu près au milieu de l'étagère » ; et la plupart du temps, le produit en question s'y trouvait.

Emily n'avait pas eu le temps de poser son stylo et de se lever que Zack était déjà à la porte et remuait la queue, tout excité. Pendant qu'elle lui mettait sa laisse, son père écrivit une liste courte mais précise de ce dont il avait besoin.

Dehors, le ciel était couvert de nuages mais il faisait doux. Une agréable odeur d'iode et de pins flottait dans l'air. Zack se promenait ici et là, reniflant tout, et Emily le laissait prendre son temps.

Sur le parking de l'épicerie étaient garées un certain nombre de voitures. Le commerce de Cyril tournait à plein régime. Comme il aimait bien Zack, l'épicier la laissa entrer avec lui à l'intérieur, à condition de le tenir en laisse.

La plupart des clients – dont les Henrik et Mme Parsons – étaient agglutinés devant la caisse en train de regarder à la télévision le dernier bulletin météo. L'ouragan avait dû monter en puissance, car le présentateur avait l'air exalté.

Pour l'instant, la tempête Maria était classée en catégorie 2. Si elle continuait ainsi, il était prévu qu'elle atteigne les côtes du Maine le vendredi, tard dans la nuit.

— Je n'ai pas vu beaucoup de *vrais* ouragans dans ma vie, commenta Cyril en secouant la tête, et pourtant je suis ici depuis plus longtemps que la *terre* de cette région.

Emily se contenta de sourire discrètement.

Il fronça les sourcils en la dévisageant.

— La *terre*, j'ai dit. Avant même le béton qui est partout sur cette côte.

Cela signifiait probablement qu'il voulait qu'elle approuve.

— Oui, monsieur, répondit-elle poliment. Vous avez raison.

Le vieillard se radoucit et hocha la tête.

— Celui-là, ça va être du pipi de chat, comparé à Bob et à Carol.

Il croisa ses mains sur son ventre – qu'on ne pouvait pas louper.

— Bob... Ça, c'était du cyclone ! Tous les ponts coupés le long de la rivière Androscoggin ! Et tous ces touristes qui avaient mal attaché leurs bateaux... Bonjour le bazar ! Quand il y a eu Carol, j'étais encore gamin et pourtant je ne suis pas près d'oublier.

Emily acquiesça de nouveau.

— Oui, monsieur. Les ouragans d'aujourd'hui ne sont plus aussi terribles.

Il opina, l'air réjoui.

— Gloria, par exemple, n'a pas été trop dévastatrice, nota Mme Parsons. Quelques arbres tombés, deux ou trois bateaux retournés... Rien de bien méchant.

— Le port avait été bien touché, quand même, précisa Bertie Jones, un grand barbu qui travaillait sur le marché aux poissons.

Mme Stenhouse, qui possédait un atelier de poterie très réputé, ajouta :

— Pas autant qu'avec Donna, malgré tout. Mais ça, c'était avant mon arrivée.

— Un petit vent du nord-est, ça, ce serait top ! s'exclama gaiement Cyril. Mais je pense qu'il ne va même pas faire assez froid pour ça.

— Non, monsieur, sûrement pas, approuva encore Emily.

Il lui sourit.

— Tu es une jeune fille très sage, Emily, malgré le fait que tu traînes avec cette racaille.

Pauvre Bobby. Il n'avait pas même pu manger le Mars qu'il avait volé quand il était petit, Cyril le lui avait arraché des mains avant même qu'il croque dedans.

— M'man et P'pa parlaient souvent des grands incendies de 1947, poursuivit le vieillard. Et mes arrière-arrière-grands-parents ont été pris dans la grande tempête de Portland, à ce qu'on dit.

— C'est sûr qu'on a perdu beaucoup de proches dans le naufrage du *S.S. Portland*, renchérit Mme Parsons. Quelle tragédie !

Emily avait étudié cette célèbre tempête à l'école. Elle avait eu lieu en 1898, mais les habitants du Maine en parlaient encore.

Un long silence régna dans la boutique.

M. Henrik se racla la gorge.

— Vous savez quoi, Cyril ? Je crois que je vais prendre un rouleau de gros scotch. Ça ne peut pas faire de mal.

Bertie approuva d'un hochement de tête.

— Moi aussi. Autant se préparer comme il faut.

— Et moi aussi, enchaîna Mme Stenhouse.

Pendant que les clients faisaient leurs provisions d'adhésif, Emily vérifia la liste de son père. Elle avait déjà les carottes, les oignons et les piments séchés, mais devait encore trouver quelques ingrédients.

— Est-ce que vous avez du persil frais, s'il vous plaît ? demanda-t-elle.

— Bien sûr, répondit Cyril en ouvrant un réfrigérateur.

Un gros bouquet de plantes aromatiques trempait dans un pot en plastique blanc.

— Fraîchement cueilli dans le jardin de Clara Nordell, précisa-t-il. Mais je pensais que vous en aviez dans votre potager… Je me souviens que ta mère m'avait acheté des graines.

Le fameux potager. Fameux surtout parce que ç'avait été un échec, malgré leurs efforts.

— Il a été mangé, soupira Emily.

En fait, les animaux – des cerfs, des ratons laveurs, peut-être même Zack – avaient dévoré toutes les plantes qui avaient poussé dans le jardin. La seule chose qui restait, c'était les mauvaises herbes.

— Dommage, compatit Cyril.

Il prit une botte de persil qu'il emballa dans du papier. Au même instant, la porte d'entrée s'ouvrit brutalement. Emily entendit le bruit d'une canne sur le sol. Mme Griswold.

Les conversations s'interrompirent aussitôt. Zack, lui, remua la queue et tira sur sa laisse pour aller la voir. Mais Emily l'en empêcha. Un silence total régnait à présent dans l'épicerie. Désespérant, même.

— Bonjour, Abigail, salua Mme Henrik.

Mme Griswold fit un petit signe de tête.

— Bonjour, madame Griswold, dit ensuite Emily. Comment allez-vous ?

Nouveau signe de tête, peut-être un peu moins sec.

— Bien…, lâcha Mme Parsons après un nouveau silence. Je crois que je vais rentrer chez moi.

Elle regarda Cyril et ajouta :

— À mon avis, vous feriez mieux de barricader cette vitrine. Au cas où il y aurait plus qu'une petite pluie…

Cyril balaya la remarque d'un revers de main.

— Aucune chance.

Il se tut un instant avant d'ajouter :

— Bon, je peux toujours mettre un panneau de contreplaqué.

Tandis que Cyril encaissait la note d'Emily, Mme Griswold se mit dans la queue, derrière elle, un panier rempli de lait, de pain, d'adhésif, de piles, de briques de soupe et de conserves de petits pois et de raviolis.

— On dirait que tu n'es pas très concerné par l'hygiène, Cyril, railla Mme Griswold en montrant Zack.

Une remarque inutile et méchante, d'après Emily.

— Il se tient beaucoup mieux que certains de mes clients, répliqua sèchement l'épicier.

— Ça, c'est bien vrai ! renchérit Mme Washburn avant de lancer un regard noir à Mme Griswold. Je n'aurais jamais dû voter pour vous.

Dans un réflexe protecteur, Emily caressa la tête de Zack. Après avoir salué tout le monde, elle sortit de la boutique avec son sac de courses. Arrivée à mi-chemin, elle entendit soudain le grincement des roues d'un vieux vélo la rattraper. Un bruit familier.

Mme Griswold.

Chapitre 11

Mme Griswold n'avait pas de voiture. Soit elle marchait en s'appuyant sur sa canne, soit elle pédalait avec difficulté sur son antiquité. Lorsqu'ils l'apercevaient sur son vélo, Bobby et Emily l'appelaient à voix basse « Miss Gulch[1] », comme dans *Le Magicien d'Oz*.

Zack lança un aboiement joyeux, mais la vieille femme les dépassa sans un mot.

Et puis, une centaine de mètres plus loin, elle s'arrêta pour les attendre. Emily ralentit : elle n'avait aucune envie de discuter avec Mme Griswold, mais

1. Dans ce conte, l'horrible Miss Gulch, qui se déplace à bicyclette, tyrannise la petite Dorothy et son chien.

Zack se mit à courir avec enthousiasme. Elle fut bien obligée d'accélérer à son tour.

Pour ne pas paraître impolie, elle se força à parler.

— Vous avez fait le plein de provisions ?

— Comme tu peux le voir, répondit la veuve avec une pointe d'ironie.

— Nous aussi, un peu plus tôt dans l'après-midi.

Elles continuèrent à avancer dans un silence gêné.

— Bon…, lâcha finalement Emily. Je dois apporter tout ça à mon père. Il m'attend.

— Alors tu ferais mieux de rentrer, approuva Mme Griswold.

Alors qu'Emily et Zack pressaient le pas, la voix de Mme Griswold se fit à nouveau entendre derrière eux :

— Ce n'était pas contre toi, tout à l'heure, à la boutique. Je m'adressais à Cyril et je n'aurais pas dû t'inclure dans ma remarque.

Plus exactement : elle n'aurait pas dû inclure Zack, quels que soient les problèmes qu'elle avait avec Cyril. Emily posa sa main sur le dos de son chien.

— Il se tient très bien dans les magasins, précisa-t-elle.

— Je vous dois donc des excuses à tous les deux, déclara Mme Griswold.

Waouh ! Sérieux ? Ça, c'était vraiment un scoop.

— Merci, c'est très gentil de votre part.

Mme Griswold haussa les épaules et enfourcha avec difficulté sa bicyclette. Puis elle se tourna vers Emily.

— Tu es une enfant extrêmement dégourdie, n'est-ce pas ?

Quoi ? Emily secoua la tête.

— Non, je suis assez empotée. Mon père dit que c'est parce que je grandis tellement vite que je ne sais plus où sont mes pieds.

Mme Griswold eut un petit sourire.

— Je pense que tu te trompes, lança-t-elle avant de partir en pédalant.

Emily resta muette de stupeur. Bah… Peu importe. Un jour ou l'autre, elle arrêterait de s'étonner de la bizarrerie de ses rencontres avec Mme Griswold.

Ils étaient presque arrivés à la maison lorsque Zack s'arrêta en plein milieu de la route. Si brutalement qu'Emily faillit lui rentrer dedans.

— Qu'est-ce qu'il y a ? demanda-t-elle en regardant alentour.

Tout avait l'air normal. Zack était tellement concentré qu'elle ne parvenait pas à obtenir la moindre image de ce qui pouvait le troubler ainsi. La tête levée, il renifla d'un côté, de l'autre, et resta la patte en l'air, hésitant. Puis il finit par se décider et s'élança dans les bois, entraînant Emily à sa suite. Les taillis étaient épais, avec des ronces et des feuillages denses. Zack la conduisit jusqu'à une petite clairière, vers un bouquet d'arbustes. Tandis qu'ils s'approchaient, elle entendit distinctement un piaillement. Un piaillement plaintif.

Une mouette. Visiblement mal en point.

Prise au piège dans un buisson, elle semblait épuisée.

— Coucou, toi, lança Emily, à court d'idée.

L'oiseau cria si fort qu'elle ne put s'empêcher de tressaillir.

— Attends ! dit-elle à Zack qui essayait d'écarter les branches avec ses dents. Il faut faire attention à ne pas la blesser.

Elle posa son sac de courses par terre et souleva quelques branches, l'une après l'autre, pour lui montrer comment faire. Après l'avoir regardée d'un air perplexe pendant quelques secondes, il recommença ses manœuvres plus lentement.

Pouvait-elle communiquer avec une mouette ? Probablement pas. Mais elle se força quand même à se la représenter calme et paisible, au cas où elle lirait dans ses pensées. Puis, repoussant les dernières branches, elle posa doucement ses mains sur l'oiseau. Son cœur battait fort sous ses doigts.

— Chhhut, murmura-t-elle. Ça va aller.

Elle la caressa, en espérant qu'elle ne lui donnerait pas de coups de bec. Une de ses pattes semblait être coincée dans les branches et son aile droite était déployée, comme si quelque chose la retenait. Une épine, peut-être ? Elle dégagea sa patte et la mouette battit aussitôt de son aile libre, pour tenter de s'envoler.

— Tout va bien, chuchota-t-elle en maintenant l'oiseau d'une main apaisante. Laisse-toi faire.

Zack bondit et Emily comprit qu'il s'apprêtait à s'attaquer aux branches pleines d'épines avec ses pattes avant.

— Non ! s'exclama-t-elle. Zack, tu vas te faire mal.

Elle s'imagina les pattes de Zack prises dans les épines et il fit aussitôt marche arrière.

— C'est bien, mon chien.

Avec beaucoup de précautions, elle retira une à une les épines de l'aile de la mouette. Malgré cela, elle se piqua à deux reprises. Lorsqu'elle eut terminé, elle souleva l'oiseau et le maintint fermement, pour déterminer s'il n'était pas blessé. Il ne saignait pas, et son aile ne semblait pas abîmée.

Et maintenant ? Elle se représenta la mouette effectuant quelques pas dans la clairière puis battant des ailes. Avec un peu de chance, Zack pourrait lui transmettre le message.

Elle la posa par terre, sur un tapis d'aiguilles de pin. La mouette s'agita si violemment que Zack fit un bond en arrière, paniqué. Après quelques pas maladroits, elle reprit confiance et marcha avec plus d'assurance.

Puis elle battit vigoureusement des ailes et s'éleva à quelques centimètres du sol avant de s'y reposer. Elle tourna la tête et les fixa, elle et Zack, de ses petits yeux jaunes. Emily eut l'impression qu'elle les remerciait pour leur aide.

Enfin, la mouette se ramassa sur elle-même et s'envola dans les airs. Elle fit quelques tours au-dessus de leurs têtes en poussant des cris victorieux. Soudain, d'autres mouettes surgirent dans le ciel. « Leur » mouette, celle que Zack et Emily avaient sauvée, les rejoignit et la nuée d'oiseaux repartit vers l'océan.

— Bravo ! lança la jeune fille à Zack en lui caressant la tête.

Le chien renifla sa main et elle s'aperçut qu'elle saignait un peu.

— Ça va, ne t'inquiète pas. C'est juste quelques égratignures à cause des épines.

Il laissa échapper un léger gémissement.

— Je t'assure, tout va bien. Allez, on y va avant que Papa ne commence à s'inquiéter.

Les deux versions du chili se révélèrent d'agréables surprises et Emily se resservit deux fois. Theo avait utilisé deux sortes de champignons, pour varier la texture, et avait aussi ajouté un genre de tofu, le tempeh.

Comme son père avait préparé le dîner, sa mère s'occupa de débarrasser la table. Emily sortit Zack dans le jardin puis rentra aider sa mère.

— Il s'est passé un truc bizarre, raconta-t-elle en essuyant un des plats qui n'allaient pas au lave-vaisselle. Tout à l'heure, chez Cyril, Mme Washburn a dit qu'elle regrettait d'avoir voté pour Mme Griswold.

Sa mère hocha la tête.

— Quand nous nous sommes installés ici, elle était maire de la ville.

— Je ne comprends pas, remarqua Emily en posant le plat. Mme Washburn était maire ?

— Non, Mme Griswold. Elle l'a été pendant quinze ou vingt ans, je crois. Elle a démissionné après la mort de son mari.

Cela voulait dire qu'à un moment donné elle avait été populaire.

Difficile à imaginer.

— Et maintenant, plus personne n'est sympa avec elle ?

— Le charme des petites villes, commenta sa mère en récurant un autre plat. Il s'y passe parfois des choses étranges.

— C'est à ce moment-là qu'est arrivé M. Newell, c'est ça ? poursuivit Emily.

M. Newell était le maire actuel et, aussi loin qu'elle se souvienne, elle l'avait toujours connu à cette place. C'était un homme jovial, rondouillard, qui n'avait pas l'air de faire grand-chose d'autre que serrer des mains lors d'événements publics.

— Non, c'est l'adjoint au maire qui l'avait remplacée jusqu'à la fin du mandat, expliqua sa mère en fronçant les sourcils. Mais ça n'avait pas très bien fonctionné.

Visiblement, il y avait là une histoire qu'Emily ne connaissait pas. Elle lança un regard curieux à sa mère.

— Qu'est-ce qui s'est passé ?

— Eh bien…, bafouilla Joanne, mal à l'aise. Euh… un détournement d'argent…

— Tu veux dire qu'il a volé la ville ?

Mme Feingold hocha lentement la tête.

— Il avait des problèmes personnels. Parfois les gens font de mauvais choix.

Piquer de l'argent dans les caisses de la ville était un mauvais choix, c'est sûr. Emily était étonnée que sa mère parle de « l'adjoint au maire » sans mentionner son nom.

— Est-ce que je le connais ? interrogea-t-elle.

Sa mère détourna le regard.

— Je ne veux pas en parler, Em.

Donc oui, elle le connaissait. Emily réfléchit, essayant de deviner qui cela pouvait bien être. Probablement quelqu'un de louche et peu sympathique.

— M. Thompkins ? suggéra-t-elle.

Il tenait un stand de vente de homards, ouvert seulement l'été. Il n'était pas méchant, juste un peu bourru parfois.

— Non, absolument pas ! répliqua sa mère.

Puis elle soupira.

— D'accord, je vais te le dire, ça t'évitera de te faire de fausses idées. C'était M. Carter.

M. Carter ? Le facteur ? Emily écarquilla les yeux. Elle avait du mal à imaginer cela de la part de cet homme chaleureux, qui avait toujours des biscuits dans ses poches pour les donner aux chiens qu'il croisait pendant sa tournée.

— Mais tout le monde l'apprécie !

— Oui. Quand il est… euh… rentré chez lui, il a mis un point d'honneur à tout rembourser, petit à petit.

— « Rentré chez lui » ? Tu veux dire qu'il a été en prison ?

— Avec une peine aménagée, répondit sa mère, sur la défensive.

Une peine aménagée ? Évidemment, cela changeait tout.

— Les gens font des erreurs, poursuivit sa mère. Et voici le parfait exemple de quelqu'un qui a eu une seconde chance.

— N'empêche, c'est quand même bizarre, constata Emily. Ils sont tous très gentils avec M. Carter, qui a fait quelque chose de grave, et ils sont très désagréables avec Mme Griswold, qui n'a rien fait de mal. Comment ça se fait ?

Sa mère haussa les épaules et lui tendit un autre plat à essuyer.

— M. Carter est sympa, et ils l'aiment bien, tout bêtement.

C'était peut-être aussi simple que ça. Mais ça restait injuste.

— Elle était une bonne maire ? interrogea-t-elle.

— Excellente, à vrai dire. Un peu trop sûre d'elle, mais très bonne gestionnaire.

En tant que prof de sciences politiques, sa mère connaissait bien le sujet. Elle avait même travaillé comme conseillère de campagne électorale lors des récentes élections.

— Les petites villes…, répéta Joanne. Elles sont vraiment bizarres.

Emily hocha la tête. Finalement, c'était peut-être la seule raison valable.

Le matin suivant, le *Courrier de Bailey's Creek* titrait : « Fermez les écoutilles ! L'ouragan du siècle se dirige vers le nord ».

— Mais bien sûr, commenta sa mère, qui n'en croyait pas un seul mot.

— Peut-être qu'on devrait quitter la ville, dit très sérieusement son père au même moment.

L'Institut de surveillance des ouragans avait officiellement déclaré une alerte rouge.

Theo décida qu'après son travail ils iraient acheter des « kits de survie », par précaution. Il annonça également qu'il fallait faire des réserves de bougies et de piles, s'assurer que les portables étaient bien chargés et remplir des bidons d'eau – au cas où.

Alors qu'ils étaient assis autour de la table du petit déjeuner, le père d'Emily regarda d'un air pensif la fenêtre au-dessus de l'évier.

— Vous pensez qu'il faut mettre du gros scotch sur les fenêtres ?

— Ce serait plus sûr, en effet, répondit Joanne. Mais ça va être drôle à enlever, après…

— Une bonne corvée d'anniversaire pour Emily ! taquina son père.

Même si Emily savait qu'il plaisantait, elle s'imagina sur une échelle instable, en train de nettoyer les vitres en soupirant.

Aussitôt Zack leva les yeux sur elle d'un air inquiet. Elle se visualisa alors les deux pieds sur la terre ferme, tenant à la main un long manche au bout duquel se trouvait une éponge. Message reçu : Zack se recoucha sur le sol, tranquillisé.

— Et si ta mère et moi sortions dîner ce soir ? On pourrait même aller au cinéma, lança Theo. Ce serait génial que les fenêtres soient scotchées à notre retour.

Son père avait un humour un peu particulier, mais elle le trouvait très drôle. Elle adorait entrer dans son jeu.

Elle prit un autre muffin et rétorqua :

— Super idée ! Je vais monter sur la plus haute échelle que je trouverai, et même rater l'école pour commencer le plus vite possible.

Son père ironisa :

— On pourrait aussi proposer tes services aux voisins. Ça nous ferait gagner de l'argent.

Le petit déjeuner se poursuivit sur le ton de la blague : c'était à qui, de Theo ou d'Emily, trouverait les projets les plus dingues ou irréalistes. Zachary semblait apprécier ces voix joyeuses et ces éclats de rire car il remua la queue tout le long du repas. Est-ce qu'il comprenait le sens de la conversation ? Joanne, elle, était plongée dans la lecture d'un article universitaire et en surlignait des passages.

Au bout d'un moment, elle regarda sa montre.

— Em, tu n'as plus que neuf minutes pour attraper ton bus.

La boutique de Cyril était à six minutes de marche, elle avait donc intérêt à se dépêcher. Après s'être brossé les dents, elle courut et arriva juste à temps pour sauter dans le bus.

Dès l'après-midi, la ville de Bailey's Creek fut officiellement placée sous le contrôle de l'Institut de surveillance des ouragans.

Joanne avait appelé Mme Percival pour qu'Emily et Bobby rentrent ensemble après les cours. Toute la famille du garçon serait au port pour sécuriser les bateaux, et Emily serait sous bonne surveillance. Joanne ou Theo viendrait ensuite la chercher vers 17 h 30.

En se rendant au port, Emily et Bobby s'arrêtèrent chez elle pour prendre Zack et nourrir Josephine.

— Je vais ranger ça dans votre garage, proposa Bobby en montrant le mobilier de jardin. Vous devriez pas laisser des trucs comme ça dehors.

— Ça t'inquiète vraiment ? demanda Emily, intriguée.

Deux chaises dans les bras, Bobby hocha la tête.

— Ouais. Tu imagines, si on a plus de pain ?

Il plaisantait.

Mais quand même ! À force de jouer les durs à cuire, les habitants de la Nouvelle-Angleterre avaient oublié la réalité : un cyclone dangereux était bel et bien en route vers Bailey's Creek.

— Tu crois qu'il y a vraiment un risque ?

Bobby réfléchit un instant puis lâcha, d'un air grave :

— Ouais. Ça va être énorme.

Emily souhaitait de tout cœur qu'il se trompe.

Mais elle commençait à penser qu'il avait peut-être raison.

Chapitre 12

Le port était en pleine effervescence. Elle n'avait jamais vu ça, même pas le jour de la traditionnelle course de bateaux de pêche au homard. Certains conduisaient des camionnettes, des petits tracteurs ou des chariots élévateurs, d'autres tiraient des remorques à bateau derrière leur voiture. Les pêcheurs, les ouvriers, le capitaine du port, les gardes-côtes : partout, les gens s'agitaient et criaient, donnant des instructions dans tous les sens.

L'air était saturé de bruits de moteurs et de machines diverses. Emily vit des inconnus prendre des mesures avec des instruments mystérieux, et entendit quelqu'un raconter que c'étaient des employés de l'Institut de veille météorologique.

Il y avait même quelques journalistes et caméramans, venus faire leurs reportages pour le journal télévisé du soir.

— Complètement dingue ! s'exclama Emily.

Bobby approuva d'un signe de tête.

— Hier soir, au vivier de mes parents, tous ceux qui étaient là se demandaient s'il valait mieux sortir les bateaux de l'eau, ou non.

À chaque tempête, c'était la même histoire : certains pensaient que leur bateau serait plus en sécurité dans l'eau, solidement ancré ; d'autres préféraient remorquer le leur sur la berge, et l'attacher avec des cordages. Les propriétaires les plus prudents emmenaient leur embarcation loin du rivage, à des kilomètres de là.

— Et dans ta famille, qu'est-ce qu'ils vont faire ? interrogea Emily.

Bobby haussa les épaules.

— Ils réfléchissent encore. Papa va sécuriser son bateau, mais mon cousin Eddie va sortir le sien. Tante Martha aurait préféré aussi laisser le *Lady's Choice* à l'eau, mais elle se dit qu'elle devrait donner le bon exemple à la coopérative.

D'après ce qu'elle avait pu constater, Emily avait l'impression qu'on sortait les petits bateaux tandis qu'on laissait dans l'eau les plus gros en les sécurisant à grand renfort d'amarres et d'ancres pour qu'ils tiennent le coup pendant la tempête. Le magasin d'avitaillement situé à côté de la capitainerie faisait un gros chiffre d'affaires : les gens achetaient des bâches en plastique supplémentaires, des cordages, des sangles, des bouées et des flotteurs, des mètres de chaîne en acier galvanisé, des ancres, des accessoires d'amarrage, des panneaux de contreplaqué, des tuyaux en caoutchouc (qui servaient à protéger la coque si le bateau cognait le ponton) et toutes sortes d'autres choses. Sans compter les dizaines de rouleaux d'adhésif !

Bobby fit un signe pour dire bonjour à son père et à son frère, qui se trouvaient au bout de la jetée avec Seth, un marin. Tous les trois étaient en train de sortir un grand voilier de l'eau à l'aide d'un porte-bateaux. Une fois à sec, ils le rangeraient dans un emplacement spécifique et l'attacheraient solidement.

— Certains propriétaires les paient, presque 200 dollars chacun, pour qu'ils s'occupent bien de leur bateau, expliqua Bobby. Larry va être super riche !

Zachary n'avait pas l'air d'apprécier toute cette agitation : il s'assit sur le sable, haletant.

Emily le caressa pour le rassurer.

— Tout va bien, mon chien. Ils font juste ce qu'il faut pour protéger les bateaux.

Sentait-il qu'un ouragan allait arriver ?

Bobby s'apprêtait à ranger son skiff dans le hangar de sa famille. Martha et Seth vinrent l'aider à soulever la charpente et à la déposer sur la toile que Bobby avait étalée sur le sol.

— Tu es sûre qu'il est en sécurité, hein ? questionna-t-il pour la dixième fois.

Tante Martha fit un signe de la tête.

— Mais oui ! À moins que la tornade passe en catégorie 5, il ne craint rien ici.

Bobby fit une grimace.

Martha recouvrit la charpente du bateau d'une bâche en plastique et la ficela avec une corde en nylon. Elle attacha chaque bout à des anneaux en métal scellés dans le sol.

— Fais comme moi, recommanda-t-elle. Mets le plus de sangles possible et accroche-les à quelque chose de robuste.

Bobby acquiesça et alla chercher d'autres cordes.

— Quand on aura fini ça, je vais aussi recouvrir de plastique tout ce qui traîne ici. Et puis j'enlèverai ce qu'il y a sur les étagères.

— Très bonne idée, Bobby, félicita Tante Martha. Tu me diras si tu as besoin d'autre chose ? Nous, on va essayer de rassembler le troupeau.

Emily rit : c'est vrai que le chaos qui régnait dans le port faisait penser à un groupe d'animaux égarés.

— Merci, Tante Martha, et merci, Seth, dit Bobby.

Tout d'un coup, Zachary bondit sur ses pattes. Sans même savoir pourquoi, Emily se redressa aussitôt.

— Qu'est-ce qu'il y a ?

Zack était en état d'alerte maximale. Peut-être à cause des nombreuses mouettes qui tournoyaient au-dessus du port en criant ?

Soudain, elle entendit une sorte de grincement métallique. D'où venait-il ? Elle n'eut même pas le temps d'y songer que Zack, lui, était déjà en train de filer dans la direction du bruit. Sans réfléchir, elle se précipita à sa suite.

— Eh, vous allez où ? s'écria Bobby en s'élançant à son tour.

Zack se dirigeait droit vers l'eau ; Emily espéra qu'ils n'allaient pas devoir plonger. Puis elle vit que le câble en acier qui retenait un gros bateau à moteur menaçait de… Non, il *avait rompu* !

— Attention ! hurla-t-elle tandis que le bateau glissait le long de la pente en béton.

Le pêcheur qui se trouvait sur la trajectoire du bateau ne réagit pas. Il bougeait la tête en rythme… Emily comprit avec horreur qu'il avait un casque sur les oreilles.

Au même instant, Zack sauta sur la poitrine du type et le poussa en arrière avec ses pattes avant.

— Hé ! qu'est-ce que tu fais, mon vieux ? protesta le pêcheur.

Puis il aperçut l'embarcation qui dégringolait vers lui.

— Ahhh ! s'exclama-t-il en se jetant sur le côté.

N'étant pas certaine que Zack soit à l'abri, Emily se rua sur lui, suivie par Bobby qui atterrit sur eux deux. Ils étaient tous les trois entassés les uns sur les autres quand le bateau passa à cinquante centimètres d'eux, avant de s'écraser contre un poteau en bois avec un craquement sinistre.

Tout le monde se précipita pour leur venir en aide. Heureusement, personne ne fut blessé. La coque du bateau était salement abîmée, et le gouvernail cassé en deux.

— Oups..., lâcha le pêcheur d'un ton calme.

— Il aurait mieux valu le laisser à l'eau, Joe, remarqua quelqu'un.

Le pêcheur fit une grimace ironique.

— Et c'est maintenant que vous le dites ?

Puis il se tourna vers Zack, Emily et Bobby et leur adressa un grand sourire.

— Merci. C'était chaud...

Très chaud.

Quelques instants plus tard, les parents d'Emily arrivèrent au port. Les gens continuaient de s'extasier devant l'incroyable sauvetage de Zack. Theo et Joanne montrèrent une certaine inquiétude.

— Tout ça m'avait l'air bien risqué, commenta sa mère en montant dans la voiture. Non ?

« Risqué » était un peu excessif.

— Je crois plutôt que c'était dramatique, lâcha Emily.

Si ça ne répondait pas exactement à la question, ce n'était pas non plus un mensonge.

Pour acheter des produits de premiers secours, il fallait faire la tournée des magasins de sport : la plupart des boutiques ordinaires avaient vendu tous leurs kits de survie. Ils finirent par aller chez L.L. Beans à Freeport – ce qui était toujours rigolo –, pour trouver les produits qu'ils n'avaient pas pu se procurer près de chez eux.

Ils choisirent trois sacs à dos – un pour chacun. Emily prit aussi une petite besace rouge pour y mettre tout ce dont Zack et Josephine auraient besoin s'ils devaient quitter la ville.

Le meilleur moment de cette virée fut lorsqu'ils s'arrêtèrent dans un très bon restaurant mexicain, sur le trajet du retour.

Les Feingold suivirent à la lettre les conseils de l'Agence des situations d'urgence, que Joanne avait trouvés sur Internet. Finalement, ils décidèrent de ne pas équiper les fenêtres de panneaux de contreplaqué : les volets suffiraient.

Theo les avait presque tous fermés dans l'après-midi, et la maison parut étrange et peu chaleureuse à Emily.

Durant une bonne heure, ils déballèrent ce qu'ils avaient acheté et préparèrent les sacs de secours. Une station météo à piles, un ouvre-boîte à l'ancienne, des gobelets et des assiettes en carton, des conserves, des briques de jus de fruits, des torches électriques, un stock de piles, des produits de premiers secours (pansements, aspirine, désinfectant), des brosses à dents et du dentifrice, de petits oreillers, des sous-vêtements, des chaussettes, des tee-shirts, trois couvertures en polaire, des ponchos de pluie, une dizaine de sacs congélation à fermeture hermétique, des stylos, des feutres, des carnets, un jeu de cartes et quelques livres de poche. Sa mère remplit des petits sacs en plastique de choses à grignoter (biscuits, raisins secs, biscottes et beurre de cacahuètes). Elle glissa également une enveloppe avec des billets dans chacun des sacs : s'il n'y avait plus de courant, les distributeurs ne fonctionneraient plus.

Emily posa le sac de transport de Josephine près de la porte de derrière. Puis elle se chargea d'emballer les affaires de ses animaux dans la nouvelle besace : des bouteilles d'eau, des boîtes de nourriture, des friandises, un sac plein de croquettes, les médicaments antidouleur de Zack, une litière jetable en carton et deux épaisses serviettes.

— Si on doit aller dans un refuge, on aura besoin de leurs carnets de vaccination, suggéra-t-elle.

— En théorie, tu as raison, dit sa mère. Mais je ne crois pas que ce soit un problème, tout le monde nous connaît.

Il y avait en effet de fortes chances pour que le personnel de la clinique vétérinaire (peut-être même le docteur K. lui-même !) soit évacué vers le même refuge qu'eux.

Les sacs étaient presque remplis, mais chacun y ajouta encore quelques bricoles : un séchoir à cheveux, des lunettes de soleil, un cahier de mots croisés, le couteau suisse de Theo (dont il ne s'était jamais servi), un téléphone portable de secours... Emily avait aussi rechargé à bloc son iPod pour pouvoir écouter de la musique.

À tout hasard, ils prirent aussi trois petits rouleaux... de scotch !

Chapitre 13

Au moment de se coucher, le téléphone sonna. C'était les grands-parents d'Emily. Tous les avions étaient annulés et les aéroports de New York fermés. Ils ne pourraient donc pas venir pour l'anniversaire d'Emily. Ce n'était pas vraiment une surprise, mais quelle déception !

— Tu auras une encore plus grosse fête le week-end prochain, Coccinelle, lui promit son grand-père.

Emily ignorait pourquoi il l'appelait « Coccinelle », mais elle aimait bien ça. Du moment qu'aucun de ses camarades ne l'apprenait…

Après avoir raccroché, Emily trouva sa mère assise à la table de la cuisine, l'air préoccupé.

— Qu'est-ce qui se passe ? questionna-t-elle.

— Comme ton anniversaire a lieu pendant le week-end, est-ce que je suis censée préparer des cupcakes pour que tu les apportes demain à l'école ?

Emily haussa les épaules.

— Aucune idée.

— Peut-être que je devrais appeler Tante Gail pour lui demander son avis ?

Quand elle avait des doutes sur des questions de parents – ce qui arrivait assez souvent –, sa mère cherchait dans les livres ou consultait ses frères et sœurs avant de se décider.

Emily préféra venir à son secours :

— Je pense qu'au collège ce n'est plus la peine.

Mme Feingold hocha la tête, soulagée.

— Oui, je crois que tu as raison.

— Mais tu peux toujours en faire quelques-uns pour nos réserves !

— Et si je faisais du pain perdu à la cannelle pour le petit déjeuner, demain ? suggéra sa mère.

En entendant ça, M. Feingold intervint.

— Quoi ? Tu veux épuiser notre stock de lait et de pain ?

Joanne sourit.

— Je pense qu'il nous en restera assez pour survivre, Theo.

— Pfff… Je veux bien me charger de faire des cupcakes, si tu veux, proposa-t-il.

— Et épuiser notre stock de farine et d'œufs ? riposta sa mère.

— Soyons fous ! s'exclama-t-il.

Puis, regardant Emily :

— Tu veux m'aider ?

— Si tu me laisses manger le reste du glaçage, je suis d'accord !

— Ça marche !

Le vent se leva le matin suivant. Le ciel était couvert et il pleuvait. Emily regarda par la fenêtre de sa chambre : la mer était sombre, mais ne semblait pas menaçante.

Zack, lui, paraissait plutôt nerveux. Elle se pencha pour le serrer dans ses bras.

— Ça va aller. Même si l'ouragan arrive ici, tout le monde est prêt, et ça ne durera pas longtemps.

Une fois en bas, elle vit sa mère en de train de préparer du pain perdu à la cannelle, comme prévu, tandis que son père fermait les derniers volets.

C'était étrange de voir la maison plongée dans le noir. Un peu effrayant, aussi.

Une odeur de bacon grillé flottait également dans la cuisine et, même si cela ne lui faisait pas du tout envie, Emily dut admettre que ça sentait bon. Mais peut-être était-ce juste Zack qui rêvait d'en croquer un bout ?

— Est-ce que Zack peut en avoir un morceau ?

— Bien sûr, répondit sa mère en faisant glisser une tranche dans sa gamelle.

Zack la dévora avec un bonheur qui faisait plaisir à voir.

Joanne avait réglé la radio sur la station locale. Emily guetta l'annonce de la fermeture des écoles, mais tout fonctionnait comme un jour normal (les garderies, les cours de yoga, le tournoi hebdomadaire de bingo)… Seuls les bateaux étaient en alerte : le vent pouvait atteindre 90 à 100 kilomètres à l'heure, et la houle était violente.

— Peut-être que je pourrais rater l'école, aujourd'hui ? tenta Emily. Pour surveiller un peu les choses.

— Bien essayé, répondit sa mère en posant un verre de jus d'orange devant elle.

— Même pas pour une journée de pré-anniversaire ? insista Emily.

Joanne refusa d'un signe de tête ferme. Emily regarda son père, qui venait d'entrer dans la pièce… mais c'était non également.

Tant pis. Elle avait tenté le coup !

Quand elle sortit de la maison pour aller prendre son bus, ses parents étaient en train d'entrouvrir certaines fenêtres : on disait que ça aidait à faire circuler la pression et empêchait les vitres d'exploser.

À la boutique de Cyril, les gens continuaient de répéter que le cyclone repartirait sans toucher la côte.

Tandis qu'Emily attendait le bus, Bobby l'appela pour la prévenir que ses parents l'avaient autorisé à ne pas aller à l'école : il devait les seconder dans les préparatifs de dernière minute. Quelle chance !

Ses autres amis seraient certainement au collège. La plupart d'entre eux vivaient à Brunswick ou dans d'autres villes à l'intérieur des terres et n'avaient pas à craindre les tempêtes du littoral comme les habitants de Bailey's Creek.

Ce fut donc un jour d'école comme les autres. Ils eurent droit à une interro surprise en maths, firent une partie de volley en EPS et travaillèrent à l'oral en groupes de quatre pendant le cours d'espagnol.

À 11 heures, il pleuvait à verse et le vent était si fort que les arbres s'agitaient dans tous les sens. Des branches frappaient les vitres de la classe, pendant que des cannettes vides et des ballons de foot roulaient aux quatre coins de la cour.

Une demi-heure plus tard, la principale annonça que l'école allait fermer et que les bus ramèneraient les élèves chez eux dès qu'ils auraient récupéré leurs affaires.

Emily ne fut pas la seule à se dépêcher de sortir : tous avaient hâte de monter dans le bus et de rentrer chez eux avant que Mme Wilkins change d'avis et leur ordonne de retourner en classe.

Alors qu'elle se trouvait à mi-chemin de la maison, en train d'envoyer un texto à Karen, qui était dans un autre bus, son téléphone sonna.

— Coucou ! lança-t-elle gaiement à sa mère. Ça va ?

— Je viens de recevoir un mail du collège m'informant qu'ils vous laissaient partir plus tôt.

Emily avait du mal à comprendre pourquoi les parents et les profs avaient *toujours* l'air angoissés. Et aussi pourquoi les écoles passaient leur temps à envoyer des tonnes de mails aux parents, sur tout et n'importe quoi : l'épidémie de grippe, une vente de gâteaux ou les scores, actualisés en direct, du match de foot des sixième.

— Oui ! J'allais t'appeler pour te le dire.

— J'ai un cours qui commence dans cinq minutes, mais je vais les prévenir que je serai un peu en retard et passer te prendre maintenant.

Aïe.

— Je suis dans le bus.

— Quel bus ?

Quelle question ! Sa mère s'imaginait-elle qu'elle avait pris un bus pour Portland ?

— Je sais pas vraiment… Il est bondé et je crois qu'il va au Canada. Le billet n'était pas cher et je n'y suis jamais allée, alors je me suis dit que ça serait sympa et je suis montée.

Il y eut un long silence à l'autre bout du fil.

— Tu n'es pas censée être ironique avant tes treize ans, commenta sa mère.

Emily sourit.

— Je suis précoce, alors.

— Hum…, réagit Joanne, mi-contrariée, mi-amusée. Bon, je vais appeler la mère de Bobby pour savoir si tu peux attendre chez eux jusqu'à ce que ton père ou moi passions te chercher.

— Bobby n'est pas venu à l'école. Il est resté à la maison pour aider ses parents avec les bateaux.

— Ah… Dans ce cas, tu peux peut-être aller chez les Peabody et…

Elle s'interrompit, avant d'ajouter :

— Zut, ils sont toujours en Floride, n'est-ce pas ?

— Je n'ai qu'à aller chez Mme Griswold, proposa Emily en riant.

Nouveau silence à l'autre bout du fil. Sa mère n'avait quand même pas pris ça au sérieux ?

— Je ne pense pas qu'elle en ait très envie, dit-elle finalement.

Ça, c'était sûr à cent pour cent !

— Mais je ne vois pas où est le problème ! Je rentre à la maison et je vous attends.

— Pourquoi tu n'attends pas plutôt chez Cyril ? suggéra Joanne. Je viens dès que je peux.

En guise de réponse, Emily poussa un soupir. Elle préférait mille fois rentrer chez elle et jouer avec Zack et Josephine.

— Emily, il faut que j'y aille, mes étudiants m'attendent. Tu me promets d'aller chez Cyril ?

Emily hocha la tête. Elle avait l'impression d'avoir cinq ans.

— D'accord.

— Et, s'il te plaît, envoie-moi un message dès que tu y seras, ajouta sa mère.

Plutôt deux ans, même. La jeune fille lâcha un « oui » du bout des lèvres. Après avoir raccroché, elle retourna à son texto pour Karen, et en profita pour se plaindre de ses parents.

Lorsque le bus s'arrêta, au début du chemin de terre, elle remercia poliment Mme O'Toole. Celle-ci, comme à son habitude, se contenta d'un grognement en guise de réponse. Emily s'attendait à voir le groupe habituel traîner à l'épicerie, mais, à sa grande surprise, le parking était désert, la boutique fermée et la vitrine barricadée. Que faire ? Sa mère ne voudrait certainement pas qu'elle reste là à attendre toute seule. Mieux valait rentrer chez elle.

Le temps s'était dégradé. Elle avançait difficilement, courbée en deux. Les nuages étaient devenus noirs et menaçants – si elle avait été un peu plus jeune, elle aurait été terrifiée. Il pleuvait si fort qu'elle fut trempée au bout de cinquante mètres. Le chemin était parsemé de flaques d'eau larges et profondes.

Dans la baie, la mer s'agitait avec force : les bateaux tiraient déjà sur les cordes. Emily sentait l'odeur de la sève qui sortait de nombreuses branches cassées. Le sol était couvert de feuilles.

Mais comme elle avait presque douze ans, tout cela ne la dérangeait pas. C'est seulement lorsque la pluie redoubla de puissance qu'elle se mit à courir.

À cause du vent, elle eut du mal à ouvrir la porte arrière et une grande bourrasque s'engouffra dans la cuisine avant qu'elle ne parvienne à la fermer. Zack et Josephine se précipitèrent à sa rencontre. Elle les serra bien fort contre elle.

— Ne vous inquiétez pas, dit-elle. C'est juste une tempête. Tout va bien.

Enfin… elle l'espérait.

Même avec les volets fermés, les fenêtres vibraient. C'était un peu angoissant. Elle crut entendre la pluie couler dans la maison, mais après quelques instants, elle comprit que c'était le bruit des gouttes qui tombaient dans la cheminée. Faute de mieux, elle mit une bassine en dessous du conduit et étala quelques serviettes de plage autour.

Elle se rappela soudain qu'elle était censée avoir prévenu sa mère en arrivant chez Cyril. Comme son portable n'affichait pas de réseau dans la cuisine, elle se promena à travers les pièces, le téléphone en l'air, pour essayer de capter. Mais même dans le grenier, il n'y avait rien. Peut-être que l'antenne de leur quartier était cassée ?

Heureusement, ils avaient une ligne fixe. Elle descendit l'escalier quatre à quatre, Zack et Josephine sur les talons.

Arrivée dans la cuisine, elle prit le combiné. Pas de tonalité. Elle recommença l'opération et composa le numéro de Bobby. Toujours rien. Elle avait beau essayer tous les boutons, ça ne marchait pas.

Peut-être qu'un poteau téléphonique était tombé ? À chaque seconde qui passait, le vent semblait plus violent. Elle entendait beaucoup de branches craquer, dehors.

Son ordinateur avait une connexion wifi, elle pourrait peut-être envoyer un mail ? Même si la connexion dépendait du réseau téléphonique, elle voulait tenter le coup.

Soudain, alors qu'elle montait l'escalier, toutes les lumières s'éteignirent. Ce qui voulait dire qu'il n'y avait plus du tout d'électricité. Elle n'avait donc ni lumière ni téléphone, et aucun moyen d'appeler à l'aide.

Plus de doute : l'ouragan était bel et bien là. Et elle était toute seule !

Chapitre 14

Surtout, ne pas paniquer. Emily n'en menait pas large. Mais paniquer ne servirait pas à grand-chose. Peut-être qu'elle devait essayer d'aller jusque chez les Henrik ? S'ils n'étaient pas là, elle aurait pris le risque de sortir en pleine tempête pour rien... Mauvais plan. Quant à Bobby, il habitait encore plus loin.

Les volets avaient beau être fermés, elle préférait rester loin des fenêtres pour ne pas recevoir de verre brisé, au cas où. Elle scruta l'obscurité et décida de tirer un fauteuil jusqu'à l'alcôve au bas des marches. Puis elle s'assit, ne sachant pas quoi faire d'autre. Josephine bondit aussitôt sur ses genoux et se blottit contre elle. Quant à Zack, il avait beau être grand et costaud, il se débrouilla pour s'installer aussi près d'elle.

— Ça va bien se passer, murmura-t-elle sur un ton qu'elle espérait rassurant. Maman et Papa vont bientôt arriver et… c'est juste une petite pluie, c'est tout.

Les deux boules de poils se pelotonnèrent contre elle et elle sentit à quel point ils étaient tous les deux effrayés.

La première fois où la voix résonna dans le mégaphone, elle n'était pas certaine d'avoir compris. C'était une grosse voix qui hurlait quelque chose du genre : « Veuillez évacuer maintenant ! » Elle ne savait pas quoi faire. À cause des volets fermés, elle ne pouvait pas voir ce qui se passait dehors. Le temps qu'elle se décide à agir, quelqu'un frappa à la porte. Fort.

— Police ! cria une voix. Il y a quelqu'un ?

Elle mourait d'envie d'ouvrir la porte. Sauf que ses parents lui avaient répété des milliards de fois de ne pas ouvrir à des étrangers quand ils n'étaient pas là.

Mais là, Zack remuait la queue et elle pouvait voir, sous la porte, des lumières bleue et rouge qui clignotaient.

— Ohé ? lança de nouveau la voix.

Zack aboya deux fois.

— Hé ! Zack ! s'exclama l'inconnu.

Emily était presque sûre de reconnaître le lieutenant Jarvis.

— Il y a quelqu'un là-dedans ? répéta-t-il.

— Lieutenant Jarvis ? hésita Emily.

— Oui, Emily, c'est moi ! répondit-il. Je suis avec le lieutenant Taylor. Est-ce que tu peux ouvrir, s'il te plaît ? Nous devons vous faire partir immédiatement.

— Bonjour, Emily, ajouta le lieutenant Taylor. L'ouragan s'annonce plus violent que prévu, alors nous évacuons tous les habitants du secteur.

En entendant sa voix, Emily se décida à ouvrir la porte. Avec beaucoup de difficulté, à cause du vent.

Malgré leurs cirés, les deux officiers de police avaient l'air trempés.

— Où sont tes parents ? questionna le lieutenant Taylor.

Assez grande, les cheveux blond foncé, elle était dans le même club de kayak que sa mère et Emily la connaissait assez bien.

— Je ne sais pas, lâcha la jeune fille d'un ton crispé. Soit encore à l'université, soit sur la route, soit… Je ne sais pas. Les téléphones ne marchent plus et il n'y a plus d'électricité.

— Nous évacuons tout ce quartier vers le local de l'AAC – l'Association des anciens combattants, annonça le lieutenant Jarvis.

Trapu, les cheveux bruns, il portait une moustache soigneusement taillée.

— Pourquoi tu ne leur écris pas un mot pour leur dire où te trouver ?

Emily griffonna quelques phrases rapides sur un bout de papier en indiquant où elle se rendait et le posa au milieu de la table de la cuisine, pour être sûre que ses parents le voient.

— Je dois emmener Zack et Josephine avec nous, précisa-t-elle.

À son grand soulagement, les policiers acceptèrent. Dans le cas contraire, elle ne serait pas partie.

Terrorisée, Josephine avait filé se cacher quelque part. Elle chercha dans les cachettes habituelles, en vain.

— Elle peut rester ici, Emily, commenta le lieutenant Jarvis au bout de quelques minutes. On va juste prendre Zack avec nous. Il faut vraiment qu'on parte, avant que la route ne soit totalement impraticable.

Hors de question d'abandonner sa chatte !

— Zachary, souffla-t-elle pour avoir son attention.

Puis elle se représenta Josephine, le plus précisément possible.

— Où est Josephine ? Va la chercher.

Zack remua la queue et se précipita dans le salon.

Même si Emily avait déjà parcouru la pièce, elle faisait confiance à Zack pour chercher au bon endroit. Elle le suivit et aperçut sa chatte cachée derrière une pile de dossiers. Maintenant, restait à l'attraper ! Zack posa sa patte sur elle pour l'immobiliser et Emily la fit entrer dans le sac de transport, qu'elle referma aussitôt.

— Parfait ! lâcha le lieutenant Jarvis, soulagé. Allez, on se dépêche.

Les sacs de secours préparés la veille étaient disposés près de la porte arrière. Emily se félicita d'avoir des parents aussi prévoyants. Comme le sac commun était plutôt lourd, elle se contenta d'attraper son sac à dos et la besace de Zack et Josephine. A priori, ses parents repasseraient par la maison et prendraient les leurs avant de se rendre au refuge.

Ils se ruèrent tous dehors et coururent jusqu'à la voiture, sous des trombes d'eau. Le lieutenant Taylor rangea les affaires d'Emily dans le coffre pendant qu'elle posait Josephine sur la banquette arrière. Puis Zack sauta à son tour dans le véhicule.

Le lieutenant Jarvis parla avec quelqu'un dans son talkie-walkie mais la réception semblait mauvaise.

— Bien reçu, conclut-il. Fin de la communication.

Puis, se tournant vers sa collègue :

— Toute la zone a été évacuée, sauf… Enfin, tu vois qui je veux dire.

Le lieutenant Taylor poussa un grognement.

— Je vois, oui.

Emily aussi avait compris de quoi il s'agissait. Ou plutôt, de qui. Et elle ne s'était pas trompée : ils se dirigèrent droit vers la maison de Mme Griswold. Le lieutenant Jarvis sortit de la voiture pendant que sa collègue lançait son avis d'évacuation dans le mégaphone. Mme Griswold l'entendit, car elle ouvrit la porte avant même que l'officier ait gravi les marches du perron.

— Désolé de vous déranger, madame. Nous avons pour ordre d'évacuer la zone.

Mme Griswold secoua la tête.

— C'est très bien, mais je n'ai pas pour habitude de suivre les ordres. Merci de passer votre chemin, donc.

Emily l'aurait parié : elle s'attendait exactement à une réaction comme celle-là. Elle ne put cependant s'empêcher d'espérer que, pour une fois, Mme Griswold accepterait de coopérer au lieu de compliquer les choses.

— Je suis désolé, madame Griswold, mais je suis obligé d'insister, poursuivit le lieutenant Jarvis.

Elle le fusilla du regard.

— Vous pouvez insister autant que vous voulez, Mortimer, c'est ma maison et je n'irai nulle part.

— Madame, c'est un ordre officiel d'évacuation de la part du gouvernement. Nous devons…

— Je suis en pleine possession de mes facultés et j'ai le droit de prendre moi-même les décisions me concernant, annonça la vieille femme. Je choisis de rester chez moi. À présent, je pense qu'il est plus que temps pour vous d'emmener cette enfant et ses animaux dans un endroit sûr.

Soudain, un craquement sinistre se fit entendre et une grosse branche tomba sur la route, à quelques mètres.

— Et maintenant je vais me mettre à l'abri, au lieu de rester comme une imbécile au milieu de cette tempête, lâcha Mme Griswold. Quant à vous, faites votre boulot et emmenez Emily le plus vite possible au refuge.

Sur ces mots, elle fit demi-tour, rentra chez elle et claqua la porte. On entendit le bruit du verrou qu'elle tournait.

Au même instant, une autre branche s'abattit avec un énorme bruit, juste devant la maison de Mme Griswold.

— On y va ! lança le lieutenant Taylor. Partons avant que la situation n'empire.

C'était bizarre d'être assise sur la banquette arrière d'une voiture de police. Emily remarqua qu'il n'y avait pas de poignées à l'intérieur des portières.

Enfermée dans son sac, Josephine miaulait tant qu'elle pouvait. Quant à Zachary, assis sur la banquette, il restait sur ses gardes mais avait l'air d'apprécier toute cette aventure. Rien de tel qu'une petite promenade en voiture !

— Vous pensez que ça va aller, pour Mme Griswold ? demanda Emily. Est-ce qu'elle fait quelque chose d'illégal ?

Le lieutenant Taylor éclata de rire.

— Ce n'est pas idéal, en effet. Mais ça n'est pas contraire à la loi. Et puis cette maison a résisté à un nombre incalculable de tempêtes et je suis sûre qu'elle sera encore debout après celle-ci.

Emily se représenta la maison de Dorothy emportée par la tornade, dans *Le Magicien d'Oz* – ce qui ne plut pas à Zack, qui baissa la tête.

— Pardon, lui souffla-t-elle à l'oreille avant de visualiser la maison solidement ancrée dans le sol.

La pluie était torrentielle, à présent. Les essuie-glaces ne servaient plus à rien. Certaines rafales de vent étaient si puissantes qu'on avait l'impression que la voiture était secouée par une main invisible. À plusieurs reprises, le lieutenant Taylor dut s'écarter du chemin pour éviter des branches qui gisaient à terre ou des objets divers qui surgissaient devant ses phares.

Heureusement, les locaux de l'AAC n'étaient plus très loin. Ils durent s'arrêter pour prendre au passage M. et Mme Brody et Hortense, leur perroquet, car leur 4 × 4 s'était embourbé. Le lieutenant Jarvis signala l'incident au commissariat, mais ils n'attendirent pas de savoir si la dépanneuse viendrait car la tempête devenait plus violente à chaque seconde.

Avec tout ce monde sur la banquette arrière, Zack était maintenant à moitié par terre et à moitié couché sur Emily. La jeune fille avait posé le sac de transport de Josephine sur ses genoux.

En arrivant devant le hall de l'association, ils virent des dizaines de voitures et de camionnettes garées. Les gens se ruaient à l'intérieur avec leurs sacs, baissant la tête pour essayer de se protéger du vent et de la pluie.

Le bâtiment devait avoir un générateur, car elle aperçut des lumières à l'intérieur. Cet espace réservé aux anciens combattants avait été construit sur la partie « supérieure » de Bailey's Creek. Ce qui signifiait qu'il ne se trouvait pas sur la côte mais au sommet d'une petite colline. Les murs étaient costauds, et il n'y avait que deux petites fenêtres, à l'avant. Quelle que soit la puissance de l'ouragan, le bâtiment tiendrait probablement le coup.

Probablement.

Pendant le trajet, le lieutenant Taylor leur avait expliqué que la ville avait prévu d'installer des lits de camp dans le local et de servir du café, des sandwichs et des viennoiseries. S'il y avait trop de monde, ils enlèveraient les tables de ping-pong. Le billard, lui, resterait, car il était trop lourd à transporter.

Emily avait hâte de voir à quoi ressemblait l'endroit. Elle savait simplement que les anciens combattants y organisaient parfois des ventes de charité pour collecter des fonds. En dehors de ça, le lieu restait très mystérieux à ses yeux. Aussi fut-elle un peu déçue quand elle aperçut les tables de bridge, les chaises pliantes et quelques meubles tout ce qu'il y a de plus banal. Sur un des murs était accroché un grand drapeau américain.

Lorsqu'il vit son expression, Cyril éclata de rire. Il était le président de la section locale de l'Association des anciens combattants.

— Tu t'attendais à quelque chose de plus intéressant, Emily ?

Euh… Oui.

— Donc il n'y a pas de rituels secrets ou de trucs du genre ? demanda-t-elle.

— La plupart du temps, on joue au poker.

Elle jeta un coup d'œil autour de la salle et vit que Bobby et sa famille s'étaient installés dans le fond de la salle. Sur la droite, il y avait une table avec des boissons, des paquets de chips et de bretzels, ainsi que des cookies faits maison. Les gens étaient en train d'installer les lits de camp et les sacs de couchage. Tout avait l'air très organisé. La salle était déjà bien remplie et bruyante. Visiblement, tous les habitants du quartier étaient là.

Sauf deux.

Ses parents.

Où étaient-ils ?

Chapitre 15

Bobby lui fit un signe de la main et elle le rejoignit pour s'asseoir avec lui et sa famille. Elle posa par terre le sac de transport de Josephine et Zack s'allongea à ses pieds.

— Je ne vois pas ton père et ta mère, Emily, remarqua la mère de Bobby.

Emily hocha la tête.

— Je ne sais pas où ils sont… Peut-être encore au travail.

Elle l'espérait, tout en sachant que ce n'était certainement pas le cas.

— Je leur ai laissé un mot à la maison.

— Je suis sûre que tout va bien pour eux, la

rassura Mme Percival. Je pense qu'ils sont surtout en train de s'inquiéter pour toi.

— Ne t'en fais pas, Em, renchérit le père de Bobby sur un ton chaleureux. Ils vont arriver ici d'un instant à l'autre.

Elle aurait aimé y croire. La tempête gagnait en puissance à chaque seconde, et ses parents se trouvaient peut-être dehors, au milieu de ce gigantesque orage. Certains, comme Cyril, supposaient qu'ils avaient préféré rester chez eux à attendre la fin de l'ouragan. Mais Emily les connaissait assez pour savoir qu'un mot sur un bout de papier ne suffirait pas à les rassurer. Il fallait qu'il la voie en chair et en os pour s'assurer qu'elle allait bien.

Des gens continuaient à entrer dans le bâtiment, trempés des pieds à la tête, leurs sacs à l'épaule. Les yeux rivés sur la porte, Emily guettait avec impatience les nouveaux venus. Mais c'était toujours quelqu'un d'autre. Jamais ses parents. Cela faisait un bon moment, maintenant, qu'elle était là. Plus qu'il ne leur en fallait pour aller de l'université à la maison puis au refuge. Ils auraient eu le temps de faire le trajet au moins deux fois.

— Est-ce que vous pouvez partir à leur recherche, s'il vous plaît ? finit-elle par demander au lieutenant Taylor.

Celle-ci secoua la tête avec un air attristé.

— Je suis désolée, Emily, mais c'est trop dangereux. Et, en dehors de chez toi, on ne sait pas où chercher.

— Ce sont des gens intelligents, intervint l'oncle de Bobby. Ils savent bien qu'il ne faut pas traîner sur les routes au milieu de cette tempête.

— Oui, mais ils ne sont pas d'ici, glissa quelqu'un d'une voix grave.

Un lourd silence pesa durant quelques secondes.

— Ils vont bien, Emily, la réconforta la mère de Bobby. Je comprends que tu t'inquiètes, mais je suis sûre que ça va.

La jeune fille hocha la tête. Elle sentit cependant un frisson la parcourir.

Dehors, de violents craquements retentissaient et on avait l'impression qu'il y avait des explosions. À chaque bruit, les gens dans la salle sursautaient.

— C'est quoi, ça ? murmura Bobby.

Emily haussa les épaules, tendue.

— Je ne sais pas…

— Des arbres, expliqua M. Percival, l'air sombre.

— Ils explosent ? interrogea Bobby.

— À peu près, soupira son père.

Emily serra ses bras autour de ses genoux et sentit Zack remuer nerveusement. Il posa une patte sur sa main. Pendant quelques instants, elle la garda dans sa paume.

— Gentil chien, glissa-t-elle.

Elle sentit le regard de Cyril posé sur elle. Soudain il se leva et se dirigea vers les officiers Jarvis et Taylor.

— On pourrait peut-être lancer une équipe à leur recherche ? suggéra-t-il.

Le lieutenant Jarvis secoua la tête.

— Désolé, mais c'est beaucoup trop dangereux. Nous ne pouvons pas vous autoriser à faire ça.

— La pièce est remplie d'anciens combattants ! insista le vieillard. Le danger, ça nous connaît !

Le lieutenant Jarvis regarda Cyril avec respect.

— Je sais bien, monsieur. Mais si quelqu'un doit affronter cette tempête, c'est ma collègue ou moi. Et on ne peut pas lancer une chasse à l'homme, c'est trop risqué.

— On pourrait au moins aller chez eux, proposa M. Washburn. Ça semble être l'endroit le plus logique.

Au même instant, un nouveau craquement sinistre résonna dehors, suivi d'un grand fracas. Un autre arbre venait de tomber.

— Pas question, répliqua le lieutenant Taylor. Sinon on se retrouvera avec six personnes disparues au lieu de deux. Je suis vraiment désolée, mais la réponse est non.

Tout le monde fixa Cyril, attendant de savoir ce qu'il fallait faire.

— Très bien, conclut-il. Pour l'instant nous ne bougeons pas. Mais dès que la tempête se calmera un peu, nous partirons à leur recherche.

Il pointa son doigt vers le lieutenant Jarvis.

— Et ne m'appelez pas « monsieur », Mortimer. J'étais sergent.

— Oui, mo..., commença le lieutenant Jarvis avant de se reprendre. Oui, sergent.

Emily était morte d'inquiétude. Elle ne tenait pas à ce que des gens risquent leur vie. Pourtant... Et si ses parents avaient besoin d'aide ?

Zack l'observait de ses grands yeux bruns. Elle plongea son regard dans le sien, en pensant très fort à ses parents. Immédiatement, le chien sauta sur ses pieds et pencha la tête de côté. Il attendait qu'elle lui dise ce qu'il devait faire.

— Est-ce qu'il sait où ils sont ? demanda Bobby.

— Aucune idée. Mais je suis presque certaine qu'il pourrait les trouver.

Elle ferma les yeux et visualisa de nouveau ses parents. Cette fois, elle se les représenta à la maison, dans l'alcôve, en bas de l'escalier. Zack fit quelques pas devant elle. Mais elle ne parvint pas à lire dans ses pensées.

Elle les imagina alors en voiture, sur une route boueuse, au milieu d'un vent déchaîné et d'une pluie torrentielle. Zack resta immobile. La seule image qu'elle eut en retour fut celle de ses parents pris dans la tempête. Mais elle ne savait pas où. Avec les trombes d'eau et les arbres qui ployaient sous les bourrasques, elle ne reconnaissait pas le paysage. Elle n'arrivait pas même à distinguer une route.

— Tu peux repérer Maman et Papa ? questionna-t-elle. Est-ce que tu sais où ils sont ?

Zack la regarda droit dans les yeux. L'image qui surgit alors dans l'esprit d'Emily montrait son chien en train de courir sous l'orage, bondissant sans effort par-dessus les débris. Elle sentit une certitude. Une conviction absolue.

Compris. Même si c'était terriblement risqué, c'était la seule solution. Elle avait confiance en lui : il savait ce qu'il faisait et était très prudent.

— Il sait, c'est ça ? devina Bobby.

Emily ouvrit son sac à dos avec un hochement de tête.

— Oui, je crois.

— On y va avec lui ?

Emily prit un morceau de papier, un stylo, un sac congélation à fermeture zip et… Quoi d'autre ? Ah ! oui, un rouleau de ruban adhésif.

— Ils ne nous laisseront jamais partir, tu sais bien. Mais si je leur dis que Zack a vraiment besoin de sortir, ils nous autoriseront peut-être à ouvrir la porte ?

— Et là, il partira les chercher, acheva Bobby.

Du moins, c'est ce qu'elle espérait.

Elle écrivit : « Maman et Papa, je suis à l'AAC. Tout va bien. Restez dans un endroit sûr. » Puis elle glissa le papier dans le sac congélation et referma la glissière.

— Tu as ton canif ? demanda-t-elle.

Il le prit dans sa poche et le lui tendit. Emily s'en servit pour couper un morceau de scotch, puis elle attacha le sachet plastique au collier de Zack.

— C'est bien, mon chien, murmura-t-elle avant de détacher sa laisse et de le serrer dans ses bras, le plus fort possible.

— Trouve Maman et Papa, d'accord ? lui chuchota-t-elle à l'oreille.

Il lui donna un coup de langue sur la joue avant de se diriger vers l'entrée.

Emily le suivit. Une fois devant la porte, elle posa sa main sur la poignée.

— Hé ! lança le lieutenant Jarvis en interrompant son geste. Qu'est-ce que tu fais là ?

— Ben… il a besoin de sortir.

Le lieutenant Jarvis la dévisagea d'un air soupçonneux. Bon. Elle allait être obligée de lui dire la vérité.

— Je veux l'envoyer à la recherche de mes parents, expliqua-t-elle.

Le lieutenant Jarvis secoua la tête.

— Non, pas avec une telle tempête.

— Mais ce sont mes parents ! supplia-t-elle. Et Zack peut les trouver.

Le lieutenant Jarvis hésita.

— C'est dangereux pour lui, Emily. Tu es sûre de vouloir faire ça ?

— Il s'agit de mes parents, répéta-t-elle.

Zack se dressa sur ses pattes arrière et se mit à gratter la porte. Le lieutenant Jarvis avait l'air ennuyé. Il finit néanmoins par céder.

Avec l'aide de Cyril, il ouvrit la porte. Une forte rafale de vent et de pluie s'engouffra aussitôt dans la salle. Zack se précipita dehors et, comme un éclair, disparut dans l'obscurité. Emily le regarda partir, la gorge nouée. Ils se mirent à plusieurs pour réussir à fermer la porte. Elle détestait le savoir dehors.

Mais quelle autre solution ?

Maintenant elle n'avait plus qu'à attendre.

Chaque minute semblait durer une éternité. Derrière les murs, le vent hurlait et des torrents d'eau se déversaient, à tel point qu'on avait parfois l'impression que le bâtiment allait s'écrouler. Emily tenait le sac de transport de Josephine sur les genoux. Elle aurait aimé la laisser sortir, mais elle se doutait que sa chatte, sitôt libre, filerait se cacher quelque part. Ce qui n'arrangerait rien.

Alors elle attendit.

Encore et encore.

De temps à autre, elle éprouvait la sensation bizarre de courir dans la tempête. Pourtant, Zack devait être tellement concentré sur sa mission qu'il n'avait sûrement pas le temps de lui envoyer des messages.

Elle continua donc à attendre.

Une attente interminable.

— Du nouveau ? interrogeait régulièrement Bobby à voix basse.

Et Emily secouait la tête sans un mot.

Cela devait durer depuis des heures. Ou peut-être seulement des minutes. Elle était incapable de le dire. À certains moments, elle avait froid et avait l'impression d'être trempée. Comme si elle était tombée. Elle se sentait fatiguée, aussi.

Soudain elle fut envahie par un sentiment d'apaisement. Ses parents se trouvaient non loin d'ici. Elle en était convaincue. Même si elle ne savait pas où exactement.

— Je crois qu'ils sont dehors, dit-elle.

Bobby avait dû s'endormir car il mit quelques secondes à réagir.

— Quoi ? Où ?

— Près d'ici. Tout près.

Elle se leva et se dirigea vers la porte.

— Je crois avoir entendu Zack aboyer, annonça-t-elle.

Bien sûr, elle ne pouvait pas raconter à tout le monde qu'elle lisait dans les pensées de son chien. Elle les vit tendre l'oreille pour écouter, puis secouer la tête les uns après les autres.

— Ils sont dehors, insista-t-elle. J'entends Zack.

Ce n'était pas tout à fait vrai ; mais peu importe.

Tout à coup, Bobby hocha la tête.

— Moi aussi ! s'exclama-t-il. Je l'entends aboyer ! J'ai l'impression qu'ils sont… euh…

Il lança un regard à Emily pour qu'elle prenne le relais.

— Sur le parking, enchaîna-t-elle. C'est là-bas que je l'entends aboyer !

— Exactement ! confirma Bobby.

Les gens les regardèrent d'un air sceptique. Personne n'était décidé à ouvrir la porte.

Soudain, trois coups puissants retentirent.

Il y avait bel et bien quelqu'un dehors !

Chapitre 16

Cyril fut le plus rapide à réagir : il se précipita pour ouvrir en luttant contre le vent.

Quel bonheur lorsque Emily vit entrer sa mère et son père – et Zack ! Theo boitait et s'appuyait sur sa femme pour marcher. Tous deux étaient trempés de la tête aux pieds. Mais ils étaient là, bien vivants. Et en sécurité.

Tout le monde se mit à parler en même temps tandis qu'Emily, trop heureuse, se précipitait dans les bras de ses parents, avant de serrer son chien contre elle.

Ils racontèrent qu'un arbre était tombé sur leur voiture. Heureusement, les airbags s'étaient déclenchés et leur avaient évité d'être blessés. Son père s'était fait mal à la cheville en appuyant trop fort sur le frein. Il n'y avait pas de médecin dans le refuge, mais le vétérinaire, le docteur Kasanofsky, était là, avec sa famille ; et ça n'était pas les trousses de premiers secours qui manquaient ! Après l'avoir ausculté, le docteur K. et le lieutenant Taylor annoncèrent qu'il avait probablement une fracture à la cheville.

— Ah…, soupira son père. Je comprends mieux pourquoi ça fait si mal. Est-ce que je peux avoir des antalgiques, s'il vous plaît ?

Le docteur K. lui tendit deux comprimés, que son père avala avec un grand verre d'eau. Après tout ce temps passé au milieu de la tempête, Joanne et Theo grelottaient encore. Ils burent du café pour se réchauffer.

— Vous n'auriez jamais dû conduire dans ces conditions, fit remarquer Mme Parsons. Mais c'est une erreur fréquente de la part de ceux qui ne sont pas d'ici.

— Simple curiosité : est-ce qu'un jour nous ne serons plus considérés comme des étrangers ? demanda la mère d'Emily.

Les habitants réunis autour d'eux réfléchirent à cette question.

— Si Emily continue de vivre ici, alors, les enfants de ses enfants seront probablement d'authentiques locaux, décréta finalement le lieutenant Jarvis.

Les autres hochèrent la tête pour confirmer le verdict.

« Waouh ! Ça rigole pas ! » pensa Emily.

Malgré sa cheville douloureuse, le père d'Emily était joyeux et, en fin de compte, c'était plutôt rigolo d'être là, assis sur des lits de camp, à attendre en mangeant des sandwichs. La tempête continuait de souffler, parfois on entendait une porte ou un volet claquer ; mais, à l'intérieur, il faisait chaud, on était en sécurité et la bonne humeur régnait.

Quoiqu'ils en disent, les habitants de la Nouvelle-Angleterre aimaient bien les tempêtes. Tant qu'il n'y avait pas de blessés, bien sûr. La mer bouillonnante, les vagues de cinq mètres de haut, la pluie torrentielle, le vent qui aplatissait tout sur son passage : ils pouvaient réciter à l'infini tout ce qui leur plaisait dans ces orages.

— J'espère que les bateaux n'ont pas trop de dégâts, dit Larry, le frère de Bobby.

Une inquiétude que beaucoup partageaient.

Dans son sac de transport, Josephine poussait des miaulements plaintifs. Emily l'emmena dans une petite pièce à l'arrière du bâtiment, pour la laisser se dégourdir les pattes quelques minutes. Elle en profita pour installer sa litière jetable. Josephine s'y précipita, puis retourna sans difficulté dans son sac.

Allongé sur un lit pliant, la cheville bien calée, le père d'Emily lisait avec une lampe torche. Sa mère, elle, jouait au poker à la table la plus proche. Confortablement assise par terre, entourée de Zack et de Josephine, Emily savourait un sandwich au fromage avec un jus d'orange.

Pourtant, une inquiétude trottait dans sa tête et l'empêchait d'être sereine. Même si elle ne pouvait pas faire grand-chose.

Mme Griswold. Comment allait-elle ?

La nuit fut longue. À un moment donné, le calme parut s'installer dehors, et Emily crut que la tempête était enfin terminée. Mais le répit fut de courte durée – c'était l'œil du cyclone. Une demi-heure plus tard, le vent souffla plus violemment que jamais. Les fenêtres vibrèrent si fort qu'Emily tressaillit. Elle avait beau savoir qu'elle était en sécurité, elle sursautait à chaque bruit.

Pour se changer les idées, elle se dirigea vers le buffet avec Bobby et ils remplirent deux assiettes de chips, de brownies et de cookies au chocolat. Un peu plus loin, le lieutenant Jarvis était en train de se préparer un sandwich au jambon.

— Monsieur..., osa-t-elle.

Il baissa les yeux vers elle.

— Et si... euh... si Mme Griswold était en danger ?

— Ne t'inquiète pas, Emily, répondit-il. Cette vieille maison a survécu à bien des tempêtes. Et Mme Griswold est née ici, elle sait ce qu'il faut faire.

Il avait sans doute raison. Néanmoins, Emily continuait à s'inquiéter.

— Est-ce que quelqu'un pourrait tout de même aller vérifier que tout se passe bien ?

Le lieutenant hocha la tête.

— Bien sûr. Nous passerons demain dans la journée pour voir comment ça va. Malheureusement, nous ne pouvons que conseiller aux personnes d'évacuer les lieux. Nous ne pouvons pas les y forcer.

— Et si elle avait changé d'avis ?

Il haussa les épaules.

— Eh bien, elle sait où nous sommes. Si elle se décide à venir, je suppose qu'on la verra arriver dans la matinée.

— Elle n'acceptera jamais de se retrouver au milieu de tous ces gens, observa Bobby tandis qu'ils s'éloignaient. Ce serait trop bizarre !

Comme c'était triste ! Elle préférait risquer sa vie plutôt que d'être avec les autres…

Bobby et Emily jouèrent au jeu des sept familles, puis à la bataille, avant de se mettre tous les deux à bâiller, à s'en décrocher la mâchoire.

— J'suis crevé, annonça Bobby.

Elle hocha la tête : elle aussi sentait le sommeil la gagner.

Autour d'eux, de nombreuses personnes s'étaient endormies, dont son père. Joanne, elle, semblait en pleine forme : toujours dans sa partie de poker, elle avait des piles de jetons devant elle.

Josephine dormait dans son sac de transport, tandis que Zack, lui, paraissait énervé. Il n'arrêtait pas de se gratter l'oreille avec sa patte. Emily aussi avait les oreilles qui bourdonnaient, à cause du vent ; Zack, dont l'ouïe était mille fois plus sensible que la sienne, devait beaucoup souffrir.

Le docteur Kasanofsky faisait un tour dans la salle pour s'assurer que tous les animaux présents se portaient bien. Lorsqu'il entendit les gémissements de Zack, il s'approcha de lui.

— Est-ce que c'est à cause du vent ? demanda Emily. Ou de la pression atmosphérique ?

Le docteur K. hocha la tête.

— Je crains que oui. On ne peut pas faire grand-chose pour le soulager. Continue à le caresser, ça devrait l'apaiser. Et si tu as pensé à apporter ses médicaments contre la douleur, tu peux lui en donner un.

Voilà un conseil utile ! Elle prit un comprimé dans le sac de Zack. Pendant ce temps, le docteur K. ausculta Josephine. Énervée d'avoir été ainsi réveillée, elle lui cracha dessus à plusieurs reprises.

— Maintenant, je vais donner quelques friandises à Hortense, annonça le docteur K. en se dirigeant vers le perroquet des Brody, qui parlait sans discontinuer.

Emily étendit un sac de couchage sur le sol pour que Zachary puisse s'allonger. Elle le caressa jusqu'à ce qu'il s'endorme. Lorsque, enfin, ce fut le cas, elle était elle-même tellement épuisée qu'elle sombra instantanément.

À son réveil, quelques heures plus tard, la pluie continuait de tomber, mais la tempête semblait s'être éloignée. Le vent soufflait avec moins de force. Le jour devait être en train de se lever, car elle aperçut une lueur filtrer à travers la fenêtre.

En dehors de quelques ronflements qui résonnaient çà et là, la salle était silencieuse. Allongés sur les lits pliants ou assis dans des fauteuils, les gens dormaient. Certains étaient étendus à même le sol, un manteau plié en guise d'oreiller. Elle était la seule à être réveillée.

Le plus discrètement possible, elle se leva et mit ses chaussures. Comme il faisait un peu froid, elle enfila un sweat à capuche. Puis, sur la pointe des pieds, elle se dirigea vers les toilettes pour se brosser les dents. Lorsqu'elle en ressortit, elle trouva Zack devant la porte, qui l'attendait.

— Coucou, mon chien, murmura-t-elle en se baissant pour le caresser.

Zack posa sa tête sur son bras et la regarda dans les yeux.

— Qu'est-ce qu'il y a ? demanda-t-elle.

Il trottina jusqu'à l'autre bout de la salle en s'assurant qu'elle était derrière lui. Là, elle découvrit que le bâtiment avait une issue de secours.

Zack avait envie de sortir, quoi de plus normal ? Elle ouvrit la porte et le suivit dehors, en rabattant sa capuche sur sa tête pour se protéger de la pluie. Le sol était jonché de branches cassées et des arbres gisaient à terre, déracinés. Partout, la végétation était dévastée. Un arbre était même tombé sur un camion. Il y avait beaucoup de travail en perspective pour nettoyer tout ça et rendre la route praticable. Les immeubles alentour semblaient avoir tenu le coup, en dehors du clocher de l'église qui avait l'air un peu abîmé.

À peine sorti, Zack courut d'une traite jusqu'au parking. Puis il se tourna vers Emily et la fixa.

— Viens, Zack ! ordonna-t-elle. On retourne à l'intérieur. Je vais te donner à manger.

En temps normal, le petit déjeuner était sa priorité. Mais il ne bougea pas d'un pouce.

— Je ne sais pas ce que tu…

Elle s'arrêta net. Une image de Mme Griswold venait de surgir dans sa tête. Étendue sur le parquet. Ou sur de la terre.

— Oh ! Bon, on va réveiller quelqu'un pour…

Elle n'eut pas même le temps de finir sa phrase que Zack était déjà parti dans le bois. Sans hésiter, elle fila à sa suite. En se dépêchant, ils pourraient être de retour avant que les autres ne se soient rendu compte de leur absence…

Le ciel était tellement sombre qu'on avait l'impression qu'il faisait nuit. Entre la pluie et les nombreux arbres tombés, Emily avait du mal à savoir où elle se trouvait. Les buissons étaient arrachés et elle voyait autour d'elle des poubelles et des meubles de jardin qui n'avaient rien à faire là. Plus rien ne ressemblait à rien.

Elle attrapa Zack par le collier et se laissa guider à travers le chaos de branches brisées. Le ruisseau qui serpentait dans le bois avait dû déborder : elle avait parfois de l'eau jusqu'aux genoux. Elle avançait tant bien que mal, trébuchant sur des pierres ou des bouts de bois, manquant de s'étaler à plusieurs reprises. Finalement, ça n'était peut-être pas une si bonne idée de venir ici… Mais Zack, lui, paraissait déterminé. Le vent continuait de souffler, à tel point qu'elle devait parfois se retenir aux branchages pour ne pas être emportée.

Après avoir bataillé encore quelques minutes pour se frayer un passage au milieu des arbres, elle sentit sous ses pieds un sol dur. sans doute la route. C'était bizarre de ne pas pouvoir dire précisément où ils étaient.

Zack avançait d'un pas régulier, sûr de lui, et elle décida de lui faire confiance : il savait où il allait. Et, surtout, il ne l'emmènerait jamais dans un endroit dangereux.

À présent, Emily apercevait la mer. Elle s'essuya les yeux pour mieux voir et se rendit compte, à son grand soulagement, qu'ils étaient dans sa rue. La mer était déchaînée, avec des vagues gigantesques qui donnaient l'impression qu'elle était plus profonde que d'habitude. Elle ne parvint pas à distinguer les pontons. Ils étaient sûrement sous l'eau. Deux bateaux, au moins, étaient renversés sur le côté, démolis.

Ils arrivèrent là où la maison de Mme Griswold aurait dû se trouver. Sauf qu'elle n'était plus là.

La gorge d'Emily se serra.

— Zack, la maison s'est envolée !

Tandis qu'ils approchaient, elle se rendit compte qu'un arbre était tombé en travers de la route, détruisant la clôture. Le grand chêne près du massif de roses s'était abattu sur le devant de la maison. La façade s'était écroulée. Des bruits effrayants résonnaient, semblables à des explosions. Probablement des volets qui claquaient, malmenés par le vent.

Emily contempla le désastre avec horreur. Mme Griswold pouvait-elle être indemne, au milieu de ce carnage ? La jeune fille n'avait pas très envie d'entrer dans ce qui restait de la maison et de découvrir le spectacle qui l'attendait.

Elle ferma les yeux et s'imagina dans la grande salle de l'AAC, bien au chaud dans son sac de couchage. Au sec, et en sécurité.

Zack s'arrêta et, après s'être ébroué vivement, repartit de plus belle.

Le message était clair : « Nous ne retournons pas là-bas ! »

Une fois arrivé devant ce qui restait de la clôture, le labrador ralentit l'allure. Il faisait un pas, attendait, puis un autre pas. Emily ne savait pas pourquoi il avançait ainsi, mais elle l'imita.

Ils se trouvaient sur le perron, à présent, et Zack donnait de petits coups de museau dans les jambes d'Emily, la poussant dans une direction ou une autre. Il devait y avoir des trous dans le plancher ! Il l'aidait à les éviter. Avec toutes ces branches et ces feuilles, elle ne voyait pas du tout où elle posait les pieds.

Le tronc du gros chêne barrait l'ancienne entrée.

— Madame Griswold ? appela Emily. Madame Griswold, vous êtes là ?

Avec le vent, la pluie et les bruits bizarres provoqués par la tempête, elle parvenait à peine à entendre sa propre voix ; alors celle de quelqu'un d'autre…

Elle n'avait qu'une envie : retourner dans le bâtiment de l'AAC. Mais Zack continuait à la guider à travers les vestiges de la maison. À l'intérieur, le sol était couvert d'eau et les meubles étaient éparpillés aux quatre coins de la pièce.

— Madame Griswold ? cria à nouveau Emily.

Puis elle s'arrêta. Pétrifiée.

Par terre gisait un corps.

Chapitre 17

Sa première réaction fut de fuir à toutes jambes. Puis elle vit qu'il s'agissait de Mme Griswold. Elle bougeait un peu son bras. La vieille femme était vivante !

— Il y a quelqu'un ? dit-elle d'une voix tremblante. Qui est là ? Que voulez-vous ?

Emily et Mme Griswold étaient aussi terrifiées l'une que l'autre.

— C'est moi, Emily. Je suis avec Zack. Nous sommes venus voir si vous alliez bien.

— Où sont tes parents ? lança la vieille femme d'un ton fâché. Tu es folle ! Qu'est-ce que tu fais ici, en pleine tempête ?

Elle avait de ces questions ! La réponse semblait pourtant évidente.

— Bah… j'essaie de vous aider. Ça va ?

D'après le soupir de Mme Griswold, la réponse à cette question-là était tout aussi évidente.

— Pas terrible, lâcha-t-elle finalement. Je suis coincée sous la commode.

— Est-ce qu'on peut essayer de la soulever pour vous dégager ?

— Sûrement pas, répliqua Mme Griswold. C'est beaucoup trop lourd. Mais si tu pouvais aller chercher de l'aide, je… je t'en serais très reconnaissante.

Ça semblait être une bonne idée.

— D'accord, on part tout de suite. Les routes sont en mauvais état mais j'imagine qu'avec un 4 × 4 ils peuvent venir jusqu'ici. On vous envoie quelqu'un le plus vite possible.

Sur ces mots, elle fit demi-tour. Mais Zack se jeta en travers de son chemin. Emily perdit l'équilibre, glissa sur le sol mouillé et atterrit sur une pile de livres imbibés d'eau.

— Zack, qu'est-ce qui te prend ? s'exclama-t-elle sur un ton irrité en se redressant.

En guise de réponse, Zack la poussa à nouveau avec sa patte avant. Chaque fois qu'elle essaya de se relever, il recommença.

En langage chien, cela devait vouloir dire : « Reste. »

— Zack…

Elle s'arrêta net. Une image avait jailli dans sa tête : Zack courant seul dans les bois.

Sans elle.

— Tu es un bon chien, mon Zack. Va chercher Maman et Papa, ou… Cyril, par exemple.

Zachary lança un bref aboiement puis bondit par-dessus le canapé et sortit en trombe. Elle n'avait même pas eu le temps de dire ouf !

Rester coincée dans cette maison terrifiante avec cette femme désagréable n'était guère réjouissant. Et si Zack n'arrivait pas à se faire comprendre ? C'est vrai qu'il courait beaucoup plus vite qu'elle et qu'il serait plus efficace seul, mais bon… Une pensée la rassura : même si personne ne saisissait son message, Bobby, lui, percuterait. Et il enverrait des gens pour la retrouver.

Mme Griswold laissa échapper un petit soupir contrarié.

— Mais enfin, Emily, tu aurais dû aller avec lui !

Elle était bien d'accord ! Elle aurait préféré, si seulement elle avait eu le choix… Elle haussa les épaules.

— Il va beaucoup plus vite sans moi. Ça va nous faire gagner du temps.

— On dirait presque que toi et ce chien lisez dans les pensées l'un de l'autre, marmonna la vieille dame sur un ton grincheux.

Oups… Surtout ne pas saisir cette perche !

— Il est juste hyper intelligent, répliqua-t-elle.

Elle se leva et remit la table basse sur ses pieds, ainsi que le fauteuil à bascule.

— À défaut de pouvoir vous sortir de là, est-ce que je peux aller vous chercher quelque chose à manger dans la cuisine ?

— Non. Je n'ai pas la moindre idée de l'état dans lequel elle est et je ne veux pas que tu prennes de risque en t'aventurant par là-bas. Ne bouge pas d'ici, c'est plus sûr.

« Sûr » – façon de parler ! Emily s'installa dans le fauteuil à bascule et écouta le bruit de la pluie et des volets qui claquaient contre les murs.

— Est-ce que… euh… vous avez mal ? demanda-t-elle.

— À ton avis ? rétorqua Mme Griswold.

Elle avait probablement la hanche brisée, ou un truc du genre.

— Je suis vraiment désolée pour vous. En même temps, une ancienne maire devrait donner l'exemple…

Mme Griswold poussa un nouveau soupir exaspéré.

— Qu'est-ce que tu veux dire ?

— Vous auriez dû évacuer ! La police vous l'a demandé très poliment.

— Je vois… Et je suis certaine que tes parents seront ravis d'apprendre que tu es sortie te promener en pleine tempête au lieu de rester dans le refuge où *tu* as été évacuée.

Bien vu. Mais ça n'était pas tout à fait comparable.

— Ouais… N'empêche, si vous décidez de vous présenter aux élections en novembre, je ne pense pas que vous gagnerez.

À sa grande surprise, Mme Griswold éclata de rire.

— Tu ne prends pas beaucoup de risque, sur ce coup-là !

Une pensée traversa la tête d'Emily.

— Est-ce que vous avez refusé d'aller dans le refuge parce qu'il était plein de gens que vous n'aviez pas envie de voir ? Ou bien ça vous était égal que votre maison s'écroule avec vous dedans ?

Pas de réponse. Elle était peut-être allée trop loin.

— Un peu des deux, je suppose, avoua finalement Mme Griswold. Mais je ne t'ai rien dit, d'accord ?

Pas de problème. C'était honnête, comme marché. Et Emily savait garder un secret.

Même s'il était bien triste.

— Tes parents ont tiré le bon numéro, avec toi, poursuivit Mme Griswold.

Ça, c'était discutable !

— Une fois, j'ai demandé à ma mère comment elle aurait réagi si je n'avais pas été intelligente. Et elle a répondu…

Emily mima les guillemets :

— « Le but des parents, c'est de développer au maximum le potentiel de leur enfant. »

Mme Griswold rit de nouveau.

— C'est du Joanne Feingold tout craché !

Ce n'était pas faux : le côté prof de sa mère avait parfois tendance à resurgir.

— Cela dit, ça n'était pas vraiment une surprise, ajouta Mme Griswold. Tes parents connaissaient ta mère biologique, après tout.

Hein !

— Quoi ? s'écria Emily. Qu'est-ce que vous voulez dire ?

Il y eut un silence. Interminable. Insoutenable.

— Rien de spécial, lâcha Mme Griswold d'une voix gênée. Je me mélange un peu les pinceaux, ne fais pas attention à ce que je dis.

Ah non, c'était trop facile !

— Je ne comprends pas… Vous venez de dire que mes parents connaissaient ma mère ?

Impossible. Absolument impossible. Ses parents ne lui auraient jamais caché une chose pareille.

— Comment ils auraient pu ? C'était une adoption « confidentielle ».

Mme Griswold hocha la tête.

— Tu as raison. C'était il y a longtemps, j'ai dû oublier les détails.

Peut-être.

Ou peut-être pas.

Si ses parents connaissaient sa mère biologique, cela signifiait que tout ce qu'Emily s'était imaginé sur son adoption n'était pas vrai.

Qu'ils lui avaient menti.

Et elle n'avait aucune envie d'apprendre ça de la bouche de Mme Griswold.

Par chance, elle était certaine que ses parents n'étaient pas capables d'une telle chose. Ils lui avaient toujours dit la vérité. Et puis Mme Griswold n'était pas quelqu'un de proche, ils n'avaient aucune raison de lui raconter leurs histoires personnelles. Même si elle était un peu moins méchante ces derniers temps, Emily ne pouvait pas imaginer qu'elle ait pu être amie avec Joanne et Theo.

— La nuit a été longue, Emily, lança Mme Griswold. Je crois que j'ai de la fièvre et je suis épuisée. Je me suis trompée, c'est tout. Oublie ce que j'ai dit.

Emily acquiesça. Elle était plus que prête à oublier cette conversation. Bien sûr, elle pourrait demander plus tard à ses parents, mais elle savait d'avance ce qu'ils lui répondraient : que Mme Griswold était bizarre, qu'elle se trompait et que la seule chose à faire était d'être polie avec elle, sans plus.

Au même instant, elle entendit des bruits de voitures au-dehors, ainsi qu'un aboiement familier.

Zack se précipita dans la maison et courut vers elle.

— Bravo, mon Zack ! le félicita-t-elle en le caressant. Tu es le meilleur chien du monde.

Il remua la queue, l'air heureux. À défaut de pouvoir lui donner un biscuit ou une friandise, elle le serra très fort dans ses bras et le couvrit de baisers.

Les policiers entrèrent d'un pas lourd, accompagnés de secouristes, de Cyril, de M. Henrik... et de Joanne. Craignant de se faire gronder, Emily resta à côté de Zack, tête basse. Les secouristes allongèrent Mme Griswold sur un brancard et la transportèrent jusqu'à l'ambulance, qui attendait devant la maison. Les routes étaient désormais praticables, au moins pour l'amener jusqu'à l'hôpital de Brunswick, qui fonctionnait grâce à son générateur. Le père d'Emily y avait été conduit pour soigner sa cheville.

Emily finit par lever les yeux vers sa mère. Elle lui paraissait anormalement calme.

— Tu es fâchée contre moi ?

Mme Feingold poussa un soupir.

— Comment dire… Tu es partie à l'aube, sans prévenir personne, et il aurait pu t'arriver n'importe quoi.

Exact.

— Je suis désolée. Zack avait besoin de sortir et, quand il s'est mis à courir, je l'ai suivi. Je n'ai pas eu le temps de réfléchir.

— Et tous les deux, vous avez sauvé une personne âgée et blessée, ajouta sa mère.

En effet. Mais c'était plutôt une bonne chose, non ?

— On va monter dans la voiture de Cyril pour qu'il nous emmène voir ton père. Mais, avant ça, je veux te dire une chose.

Emily fronça les sourcils, inquiète.

— Joyeux anniversaire ! s'exclama sa mère avec un large sourire.

Mais oui ! Avec tous ces événements, elle avait complètement oublié !

En arrivant à l'hôpital, Emily eut la confirmation que son père avait la cheville cassée. Malgré son plâtre et ses béquilles, il avait l'air de bonne humeur. Aux dernières nouvelles, Mme Griswold, elle, avait une fracture du bassin. D'autres personnes avaient été amenées à l'hôpital, avec des hématomes ou des plaies légères. La bonne nouvelle, c'était que la tempête n'avait pas fait de blessés graves.

Cyril les déposa ensuite tous les quatre à l'université, car la voiture de la mère d'Emily était toujours sur le parking. Joanne et Theo se trouvaient tous deux dans le véhicule de Theo lorsque l'arbre leur était tombé dessus, la nuit précédente.

Ils retournèrent ensuite au refuge pour récupérer Josephine, qu'ils avaient laissée sous la surveillance d'Andrea, la sœur de Bobby. Presque tout le monde était parti. Seules quelques personnes restaient, qui mettaient un peu d'ordre.

— Merci de t'être occupée d'elle, Andrea. Où est Bobby ?

— Ils sont tous descendus au port. On a entendu dire qu'il y avait beaucoup de dégâts là-bas, mais j'espère que ça va quand même. Je vais y aller dans pas longtemps.

Elle sourit avant d'ajouter :

— Et joyeux anniversaire, Emily ! Tu es grande, maintenant !

Mais oui ! Elle avait de nouveau oublié.

— Merci, répondit-elle en riant.

Une fois dans la voiture, ils décidèrent de passer au port avant de rentrer à la maison. Une dépanneuse était déjà venue chercher la voiture de Theo pour l'emmener au garage. Ils ne savaient pas encore si elle pourrait être réparée ou non.

Les bulletins d'information évoquaient de nombreux dégâts sur la côte. Ils avaient finalement eu de la chance : ça aurait pu être bien pire. Même s'ils n'avaient pas d'électricité pendant quelques jours, ils s'en accommoderaient sans problème.

— Je crains que ton gâteau glacé ne soit pas en grande forme quand on arrivera, Em, annonça sa mère.

— On le mangera dans un bol à la petite cuillère, suggéra son père.

Emily hocha la tête.

— Exactement ! Ce sera tout aussi bon.

— Ce ne sera pas un anniversaire très traditionnel, déclara sa mère. Mais on va bien s'amuser quand même.

Theo se tourna vers Emily avec un sourire.

— Alors, qu'est-ce qui te ferait plaisir ?

Dans la voiture, l'humeur était gaie et détendue ; Emily ne voulait pas gâcher ce bon moment. Bien sûr, elle était curieuse d'interroger ses parents sur ce que Mme Griswold avait dit à propos de sa mère biologique, mais tout cela n'était pas forcément vrai. Il n'y avait donc pas de raison de s'inquiéter. À partir de maintenant, elle éviterait encore plus soigneusement Mme Griswold.

Après un dernier virage, Emily aperçut le port. Enfin... ce qu'il en restait. De tous côtés, on ne voyait que des bateaux brisés, des planches fendues, des arbres à terre, des bouts de cordes ou de filets de pêche et des débris de tonneaux.

Puis ses yeux tombèrent sur le hangar de la famille de Bobby. Le toit défoncé. Pile à l'endroit où se trouvait le bateau de Bobby.

— Oh ! non..., lâcha-t-elle. Il faut que j'aille l'aider !

Joanne se gara rapidement et Emily sauta hors de la voiture, Zack sur ses talons.

Les bateaux n'avaient pas tous souffert de la même manière : certains avaient l'air presque intacts, d'autres étaient en grande partie détruits. Comme si le vent et la pluie avaient frappé au hasard, démolissant les uns et épargnant les autres.

Partout, les gens s'activaient, ramassant des morceaux de bois, de fibre de verre ou de métal, des restes de casiers à homards, des voiles déchirées ou des fragments d'objets non identifiables. La tempête était terminée et le nettoyage avait commencé.

En s'approchant du hangar, Emily constata que ce n'était plus qu'un amas de planches et de ferraille. Bobby se tenait là, contemplant le spectacle d'un air horrifié. À côté de lui, sa mère tentait de le réconforter en le tenant par l'épaule. Son père et son frère avaient déjà commencé à jeter les débris dans le container.

— C'est horrible, soupira-t-elle. Je suis vraiment désolée pour toi, Bobby.

— Je peux pas croire que mon bateau soit fichu, murmura Bobby, désespéré.

— Est-ce qu'on peut vous aider ? demanda la mère d'Emily.

Mme Percival hocha la tête et ils se mirent tous au travail, en silence. Avec ses béquilles, Theo ne pouvait pas faire grand-chose. Il s'assit à une table et tria des petits objets que les gens avaient entassés là. Zachary aidait aussi, à sa manière : il courait de droite à gauche en lançant quelques aboiements d'encouragement.

Le soleil avait fait son apparition. Dans le port, tous les volontaires participaient, s'aidant les uns les autres. Ça parlait peu : chacun était concentré sur ce qu'il faisait. Lorsque les derniers vestiges du hangar – et du bateau de Bobby – furent évacués, Emily et Bobby restèrent là encore quelques minutes.

— Ben voilà, c'est comme ça, lâcha le jeune garçon, l'air absent. C'était marrant à faire. Maintenant, c'est fini.

Elle le dévisagea.

— On ne va pas en construire un nouveau ?

Il secoua la tête.

— Hors de question.

Assis à côté d'elle, Zack changea de position. Elle posa sa main sur sa tête.

— On ne peut pas laisser tomber ! Il faut qu'on recommence.

Bobby les regarda tour à tour puis haussa les épaules.

— À quoi bon ? Il sera certainement démoli, lui aussi. Ou il ne flottera même pas. À quoi bon se casser la tête ?

— L'important n'est pas qu'il flotte. Ce qui compte, c'est de le construire. Enfin, tu sais... D'avoir un projet, quoi.

Du bout du pied, Bobby écarta un bout de bois qui traînait.

— Tu comprends pas, Emily. On perd notre temps. Tout ce travail pour rien.

Il était complètement à côté de la plaque. Bien sûr, c'était un coup dur, mais il fallait aller de l'avant !

— On a appris des tonnes de trucs. On fera encore mieux la prochaine fois !

Bobby secouait la tête, obstinément.

Pendant ce temps, Zack reniflait d'un air intéressé un tas de débris qu'ils n'avaient pas encore examiné. Emily le rejoignit pour voir ce qu'il avait trouvé.

— Hé ! regarde, s'exclama-t-elle en exhibant le vieux coffre à outils en bois du grand-père de Bobby.

Bobby l'ouvrit et vérifia l'état des outils.

— Ils ont l'air nickel, déclara-t-il, étonné.

Il sortit un burin et le soupesa.

— J'imagine qu'il les a fabriqués pour qu'ils durent, hein ?

On dirait bien.

Bobby observa le burin un moment avant de le reposer avec précaution.

— Alors ? On commence par quoi ?

Il prit une profonde inspiration et expira lentement. Puis il hocha la tête et se releva.

— La coque. On doit d'abord faire le dessin de la coque.

Parfait !

Bobby indiqua un endroit, par terre.

— Cette fois-ci, on pourrait y mettre des espaces de rangement. En dessous des sièges, par exemple.

— Un peu comme des tiroirs ? demanda Emily.

— Yep ! Ou peut-être de petits placards, avec des portes et des charnières. Pour ranger les gilets de sauvetage ou d'autres trucs comme ça.

Bonne idée. Ça leur laisserait plus d'espace pour se déplacer.

Zack trotta jusqu'à un tas de planches neuves et, prenant dans sa gueule la bâche qui les recouvrait, tira dessus.

— Bravo, mon chien ! l'encouragea Emily.

Zack attrapa l'extrémité d'une des planches, en remuant la queue. Emily et Bobby prirent l'autre bout et la posèrent sur le sol. La première pièce de la nouvelle coque était installée. Ils reculèrent de quelques pas pour contempler le résultat.

— Je pense qu'on pourra le terminer pour Noël, annonça Bobby.

— Disons qu'on vise la Toussaint, plutôt.

— D'ac ! On peut y arriver.

Autour d'eux, les gens faisaient pareil. Ils rangeaient le désordre ambiant pour pouvoir repartir sur de nouvelles bases. Cette tempête-là avait été vraiment terrible, mais ils étaient sains et saufs. Ils n'avaient plus qu'à reconstruire.

— Je pense que le nouveau bateau sera deux fois mieux que l'autre, déclara Emily.

— Tu sais quoi ? Moi aussi.

— Ça t'ennuie pas de faire ça le jour de ton anniversaire ? demanda Bobby.

Emily secoua la tête.

— C'est exactement ce dont j'avais envie.

— Si tu le dis. Ma mère a insisté pour qu'on t'achète une tablette graphique, mais moi, j'ai envie de t'offrir quelque chose qui te fasse vraiment plaisir.

— OK. Qu'est-ce que tu dirais d'appeler ton bateau « Zack » ?

Bobby éclata de rire.

— Vendu !

Ils se sourirent et aidèrent Zack à porter une nouvelle planche jusqu'au chantier de la nouvelle coque.

— Je sens que le *Zack* va être un super bateau, annonça Bobby.

Emily hocha la tête, le sourire aux lèvres. Le plus beau bateau du monde, c'est sûr !